魔法学校の落ちこぼれ 4

A L P H A L I G H T

梨香
Rika

主な登場人物
Main Characters
アンドリュー
シラス国王の孫。
我が儘に振る舞うが根は真面目。
竜達に夢中。
ラッセル
フィンの同級生で級長。
中央貴族の子息。
文武両道に優れている。
フィン
本編の主人公。
辺境の貧しい農村に住むチビ少年。
魔法学校で少しずつ才能を
開花させる。
ラルフ
フィンの同級生。
裕福な商家の出身。
細かいことによく気がつく。

グレンジャー
シラス王国の海を守る
騎士団の団長。
言動は軽薄だが切れ者。
ルーベンス
シラス王国唯一の
上級魔法使い。普段は
魔法学校を見下ろす塔で
暮らし、たまに吟遊詩人に
扮して各地を放浪する。
ウィニー
伝説の魔法使いアシュレイが遺した
卵から生まれた風の魔竜。
フィンに育てられる。
アイーシャ
バルト王国の姫。
魔法学校に留学してくる。
気が強いが他人を気遣う一面も持つ。

一　隊商での旅

　シラス王国北西部の国境の街ベルナで、見かけの悪い馬に乗った年老いた吟遊詩人が、隊商の護衛の男に声を掛ける。

「この隊商はバルト王国の首都のカルバラまで行くのかい？」

「そうだ」

　護衛の男は言葉少なくそう答えた。

　草原ばかりのバルト王国で商売できるのは、点在する市場と首都カルバラだけなので、ほぼ全ての隊商がカルバラに向かうのだ。

「なら、私達も同行させてくれ」

「夏至祭も終わったのに、変な吟遊詩人だな？　バルト王国では金にならないだろう」

　横で聞いていた、護衛隊長であるダルトンが、怪訝に思って口を開いた。

「夏至祭はシラス王国でたんまり稼いだから、懐に余裕のあるうちに弟子にバルト王国を見せてやりたいと思ったのだよ。私がいつまで旅をできるかわからないからなぁ」

年老いた吟遊詩人の横にいる、ロバに乗った茶色の髪が落ち着かない少年をチラリと見て、ダルトンは弟子に経験を積ませたいのだろうと納得した。

「まぁ、好きにするがいいさ。でも、食料は自分で用意するんだぞ」

護衛隊長の許可が下りたので、年老いた吟遊詩人――ルーベンスはベルナの街の食料品屋に向かった。

「師匠、これだけでいいの？　カルバラまで遠いんじゃないですか？」

魔法使いなので見た目は五十歳過ぎだが、実際には百歳を超えているのでルーベンスは小食だ。茶色い髪の弟子――フィンは、師匠が買った食料を見て、いくら小食といっても量を間違えているのではないかと心配する。

「吟遊詩人は自分で食べ物など用意しない。なぜなら、音楽で稼ぐのが生業だからだ。そのくらい覚えておきなさい」

フィンは、吟遊詩人じゃなくて上級魔法使いの弟子なんだけどなぁと、内心でぶつくさ文句を言う。

「さぁ、バルト王国へ出発じゃ！」

師匠の馬に続いて、ロバに荷物を載せたフィンもベルナの門をくぐる。

国境線に緑色の防衛魔法が高くそびえているのを見て、フィンはこれを百年も一人で維持している師匠の苦労に思いを馳せる。

（いつかは俺が、この防衛魔法を引き継ぐのか……）

上級魔法使いの弟子として、フィンは少しずつ成長していた。

（その時はウィニーが手伝ってくれると助かるな……ウィニー、元気かな？　ちゃんとファビアンと飛行訓練しているかなぁ）

竜の魔力を使って防衛魔法を強化した実験を思い出したフィンは、ノースフォーク騎士団に残してきた竜のウィニーが恋しくなった。

「ほら、ぐずぐずしていると置いて行くぞ」

国境の空を見上げてぼんやりしていたフィンは、しんがりの護衛の男に声を掛けられて、隊商のあげる砂埃の中、師匠の横までロバを急がせた。

シラス王国の上級魔法使いルーベンスと、その弟子フィンは、国の窮地を救うため、旅を続けていた。

現在シラス王国は、大陸全土を支配しようと領土を拡大しているカザフ王国と、水面下の争いを繰り広げている。

カザフ王国はサリン王国と婚姻による同盟を結び、まずは共通の敵であるバルト王国を滅ぼし、シラス王国を孤立させようとしていた。

その狙いに気づいたルーベンス達は、バルト王国に危機を知らせ、それをきっかけにシラス王国との同盟を持ちかけようと考えた。その機会を得るため、こうしてバルト王国を目指しているのである。

どこまでも続く草原を、隊商の列が進んでいる。

「何故、隊商と同行しなくてはいけないのですか？」

ルーベンスなら道に迷ったりしないだろうし、盗賊に遭っても撃退できるはずだと、フィンは不思議に思って問いかけた。

「バルト王国は騎馬民族の国だ。首都カルバラなどには定住した人々もいるが、基本は家畜を遊牧して移動しながらの生活だ。隊商はその遊牧地や、市場を巡りながらカルバラへ向かう。こんな土地で単独行動をする外国人は不審がられるし、スパイだと言っているようなものだ」

旅の吟遊詩人も、バルト王国では隊商に付いて行くのが慣習だと、ルーベンスは不満顔のフィンにお説教する。

「こんなにとろとろしていたら、夏休みが終わっちゃうよ」

荷馬車を連ねた隊商の遅さに、若いフィンはうんざりしていた。それに、風景が変わらないのも退屈なのだ。

「そんなに暇なら、竪琴の練習をしてはどうだ」

のろのろとしか進まないのだから、暇はあるだろうと師匠に嫌味を言われる。

昨夜の野営で、隊商のメンバーから演奏を求められたが、フィンは失敗して笑われてしまったのだ。

ロバに乗ったままの練習は難しいので、先頭を追い越して先に進んで、道端に止まってからにしようとフィンは考えた。

「ダルトンさん、師匠が練習するようにと言っているんだ。このまま、ずっと真っ直ぐ進むの？」

護衛隊長のダルトンは、後ろの方からロバでやってきた吟遊詩人の弟子にチラリと目をやって、ムチで前を指した。

「あと数時間進めば、市が立つ場所に着くが、当分は真っ直ぐだ。しっかり練習しろよ！」

昨夜の演奏を師匠に叱られたのだろうと、ダルトンはフィンに笑いかけた。

「ちぇっ！　そんなに下手だったかな？」

夏休みになる前に、サリン王国とバルト王国の曲を練習したつもりだったが、どうもバルト王国の方は思った以上に練習不足だったみたいだ。

ロバを急がせて、隊商を追い抜き、練習場所を探す。

「できたら、水場か木陰で練習したいな。バルト王国は乾燥しているから……」

草原の昼は北部とは思えない日差しの強さだ。でも、湿度は高くないので、日陰は涼しい。

フィンは、草原ばかりで日陰になりそうな木なんかないなぁと愚痴りながら、ロバを走らせる。

「そうだ！　こんな時こそ」

ロバから降りると、フィンは地面に手をつく。土の魔法体系を使って探索するのだ。

「あっちだ！　水場がある」

見渡す限りの草原だが、完全に平らではなく、うねうねとしている。道はその窪地を真っ直ぐに通っているのだが、緩やかな丘の向こうに水場があるのをフィンは感じた。少しぐらい道から外れても、今は水辺で練習がしたい。

「お前も水が飲みたいだろう」

丘を登らせながら、ロバに声を掛けた。

ぶひひひ～ん！

フィンの言葉がわかったのか、ロバは丘から水場を見つけて、勢いづいて駆け下りる。

フィンはロバに水を飲ませた後、木陰に座ってバルト王国の曲を練習し始めた。独特の節回しに苦労しながら竪琴の練習に熱中していると、遠くから遊牧民が近づいてきた。

「市場に向かっているのかな？」

ここに来るまでにも、何回か遊牧民には会っていた。彼らのテント集落で宿泊して、隊商は取引をし、ルーベンスは吟遊詩人として営業していた。

フィンは練習をやめて、ロバを盗まれないように、手綱を木からほどいて手に持った。

バルト王国はどうも家畜の所有権が曖昧で、他人の物を自分の物だと主張する人が多いのだ。フィンもバルト王国に来てから何回もロバを盗まれそうになった。

サリン王国がバルト王国の略奪行為に腹を立てて、カザフ王国と手を結びたくなるのも理解できる。農耕民族のカザフ王国・サリン王国・シラス王国と、遊牧民のバルト王国とでは価値観が違い過ぎるのだ。

（でも、そのバルト王国が滅ぼされたら、シラス王国しかカザフ王国の大陸統一の野望を阻めない。サリン王国は婚姻でカザフ王国と同盟を結んだのだから、現状ではもうシラス王国だけなんだ……）

孤立無援のシラス王国としては、バルト王国と同盟を結びたい。だが、潜入調査してみると、国民性の違いが大きく難しそうな実情が見えてきた。

「サリン王国のミランダ姫とチャールズ王子が、カザフ王国の野望を少しでも挫いてくれたらいいけど……」

我が儘な性格でその上カザフ王国の出身だが、ミランダ姫は馬鹿ではない。今は同盟関係にあっても、いずれは冷酷な父が自分もろとも滅ぼしに来ると悟っていた。彼女なら嫁ぎ先のサリン王国が滅ぼされるのを阻止してくれるのではと、フィンは期待していた。

しかし、期待はし過ぎないようにしようと、フィンは頭を振って、思い浮かべていたミランダ姫の顔をかき消した。

そうこうしているうちに、水の匂いを嗅ぎつけた山羊達が、ドドドドと、音を立てながら駆け寄ってきた。

「やぁ、こんにちは」

友好的な態度を示そうとフィンは、頭に塵除けのターバンを巻いた遊牧民に、手を上げて挨拶する。

「こんな所で、何をしている？」

家畜の盗難に敏感な遊牧民は、知らない人間への警戒心が強い。その敵意を受け流すように、フィンは話を続ける。

「隊商に同行している吟遊詩人です。この先の市場に行く途中ですが、師匠に竪琴を練習しろと言われたので、先行したのです」

まだチビのフィンが、自分達の家畜を盗みそうにないと判断したのか、遊牧民達は警戒を解き、ターバンを外して休憩し始めた。

二　市場

水場で山羊達に水を飲ませながら休憩する遊牧民を見て、フィンはあることに気づいた。

「あれっ？　女の子がいる」

今までもテント集落で女の子を見たが、こうして市場などに家畜を売りに行く遊牧民に混じっているのを見るのは初めてだった。

女の子は小さな火をおこして、やかんでバター茶を入れている。濃いミルクティーにバターを溶かしたバター茶は、バルト王国で初めて飲んだが、フィンも好物になった。

「美味しそうだなぁ」

濃厚なミルクティーの香りに、フィンのお腹がぐぅと鳴る。

遊牧民は他人への警戒心が強いが、一度害がないと判断すると、意外なほど人懐っこい。

ポロンポロンとバルト王国の民族音楽を練習しているフィンの鼻が、ひくひくとバター茶の匂いを嗅いでいるのに気づいて、髭もじゃの男達は笑った。

「ユンナ！　こいつにもバター茶をやれ」

ユンナと呼ばれた女の子は白いブラウスに、バルト王国独特のいっぱい刺繍がされた赤いベストと、赤色の縞模様のスカートを着ていた。馬に乗って移動するので、スカートの下には男達と同じように、灰色のズボンをはいている。幼さの残った可愛い顔に、二つに分けたおさげが似合っている。

ユンナははにかみながら、フィンにバター茶を差し出した。

「ありがとう！　お礼に何か一曲プレゼントするよ」

フィンが話しかけると、異国の吟遊詩人を見るのも初めてなのか、ユンナは真っ赤になって火の側へ駆け戻る。

「おい！　それなら『テムジン山脈の夜明け』をやってくれ」

バルト王国では有名な曲なので、フィンも師匠に言われて魔法学校にいる時から練習していた。

フィンの伴奏に合わせて手拍子や足踏みをしながら、男達は勇壮な『テムジン山脈の夜明け』を家畜を追い回すだみ声で合唱した。

「おい、そろそろ出発するぞ」

曲が終わると、遊牧民の男が周りに号令をかけた。

フィンはコップを女の子に返そうかと思ったが、近くの髭もじゃが自分のと一緒に重ねた。

「この先の市場に行くのですか？」

フィンの問いかけに、髭もじゃがターバンを顔に巻きながら頷く。

子どもの頃から馬に乗り慣れた遊牧民独特の、勢い良く飛び乗る姿に、フィンが凄いなあと感嘆しているうちに、彼らは山羊をムチで追い立てながら去っていった。

「俺もそろそろ市場に向かおう！　目を離すと、師匠はヤグー酒を飲み過ぎちゃうからな」

山羊の乳から作ったヤグー酒は、フィンを一口でノックアウトするほど強いのだが、ルーベンスの大好物なのだ。乳の味が残っているため口当たりが濃厚で、少し甘みもあるが、寒いバルト王国の冬を過ごすためにアルコール濃度も高い。

市場に隊商が着く前に、師匠の側で監視しなくてはと、竪琴を革のカバーの中に入れていると、あるものが目に入った。

「あれは？」

小さな焚き火跡に、赤い布が落ちていた。

フィンはそれを拾いあげて、ユンナが頭に付けていたヘアーバンドだと思い出した。赤色の細い布にはびっしりと刺繍がしてあり、大事なものだと一目でわかる。もしフィンの妹達なら、なくしたら泣いてしまうだろう。

「同じ市場に行くのだから、あの子に返してあげよう」

ヘアーバンドをポケットに入れて、ロバに乗って丘を登りながら、素朴なユンナの喜ぶ顔を想像すると、なぜか胸が温かくなった。

しかし次の瞬間、現実に引き戻された。

「あっ！　隊商に置いて行かれちゃった！」

窪地の向こうに隊商の列が小さく見える。

「あちゃちゃ！　市場に着くまでに追いつけるかな～」

バター茶で元気になったフィンは、お前も水を飲んで休憩しただろと、ロバを急がせた。

「師匠はヤグー酒に目がないからなぁ」

ロバを急がせたおかげで、隊商が市場に着く前に追いつけた。

「遅かったなぁ、どこで油を売っていたのだ？」

ルーベンスは、まさか草原で迷子にはならないだろうとは思ったが、異国の地だから万が一の心配をしていたのだ。

「少し道から外れた水場で練習していたのです。市場に向かう遊牧民と会いましたよ」

バルト王国の遊牧民は、見知らぬ人への警戒心が強いのだから遭遇を避けるべきだったとルーベンスは叱った。

「道筋で練習すれば良かったのだ」

師匠の小言に、フィンは肩を竦める。

「バター茶をご馳走してくれましたよ」

反省の様子がないフィンに、今回は無事だったが、これからはもっと気をつけろとルーベンスは厳しく注意する。

「バルト王国の遊牧民は、常に刀から手を離さない。家畜泥棒を警戒しているのだ。誤解されて、斬りつけられてからでは遅いぞ」

二人が話しているうちに、隊商の先頭が市場に着いた。

「さぁ、宿を探そう！　この規模の市場なら、宿屋もあるだろう」

日頃はさほど風呂好きではないルーベンスだが、バルト王国に入ってからずっと荷馬車で寝ていたので、流石に真っ当なベッドや風呂が恋しくなっていた。

（やれやれ、年を取ったものだ。若い頃は野宿でも平気だったのだがなぁ）

市場の中心部には、テントの他に建物も建っていた。

何軒かをルーベンスは遠くから眺め、長年吟遊詩人として旅をした勘で、美味しい酒と真っ当なベッドがありそうな宿を選ぶ。

「あそこにしよう」

フィンはもっと新しい宿屋もあるのにと、師匠が選んだ少し古びた宿屋に怪訝な顔をする。

「師匠？　何故この宿屋なのですか？」

ルーベンスはニヤリと笑って、美味しいヤグー酒を置いていると勘が告げている、と呟いた。

「飲み過ぎないでくださいね」

フィンは師匠の馬と、自分のロバの手綱を持って番をしながら、ルーベンスが宿屋に入っていくのを見送った。

（他の国なら、宿屋の前の柵に繋いでおいても平気なのに）

油断禁物なバルト王国の旅は疲れる。フィンはルーベンスが宿屋の親父と宿泊の条件を決めるまで、外で休みながら待っていた。

「おい、決まったぞ」

ルーベンスが顔を出し、宿屋の小僧がフィンから手綱を受け取った。

荷物を持って部屋に上がると、部屋には盥が運ばれていて、ルーベンスが風呂に入ろうとしていた。荷物を運んできたフィンに、お前も後で入れと言葉を掛ける。

「その前に、ちょっと市場を見てきてもいいですか？」

市場の周辺には、屋台が立ち並び、美味しそうな匂いが漂っていた。異国情緒に溢れる市場を見学したいのだろうと察したルーベンスは、まだ日も高いし、チビ助でも大丈夫だと判断して頷いた。

「あまり屋台で食べ過ぎるなよ。できれば、宿屋の小僧に案内してもらえ」

そう言うと、お小遣いをフィンに投げてやる。

（チェッ！　また子ども扱いだ）

フィンは少し不満に思ったが、お小遣いはありがたく受け取った。

バルト王国に入ってテント集落で吟遊詩人の営業をしていた時、遊牧民は串焼きをくれたり、ヤグー酒やバター茶をどんどんついでくれたりしたが、チップはほとんどくれなかった。

遊牧民の生活は物々交換が基本だからだ。それはわかっていても、サリン王国でもらったチップを全て家族に送ってしまったので、手持ちのお金がなくて、屋台で買い食いもできそうになかったのだ。

フィンが出掛けに口にした鼻歌を聞き、ルーベンスは声変わりが近いなと感じた。

（チビ助も少しは背が伸びたし、声変わりもそろそろだ。やっと成長期になったようだ）

他の同級生よりも遅い成長期だが、ルーベンスは、強い魔力がフィンの成長を妨げているのではと心配していただけにホッとする。お湯を運んできた下男にチップを弾み、上機嫌で風呂に入った。

「あっちの店の串焼きが美味しいんだ」

市場を案内してくれたら奢ってやると言うと、宿屋の小僧は親父に許可をもらって付いて来た。

ざっと市場を見学して、目的の屋台が並んでいる場所に着いた。小僧が勧めた屋台で串焼きを何本か買い、近くの木の長椅子に二人で腰掛けて食べる。

「美味しいなぁ」

地元の小僧が推薦した屋台の串焼きは、ジューシーだった。

「ここの市場は固定だから、屋台もずっとやっているんだよ。変な肉を使ったりしたら、客は来なくなるんだ」

祭りの屋台とは違い、真っ当な肉を使っていると小僧は自慢しながら、串焼きを頬張る。

フィンも串焼きを食べながら、ユンナがいないかなとキョロキョロするが、男ばかりで女の子は見当たらなかった。

「ねぇ、ここから首都のカルバラまで、どのくらいなの？」

フィンの質問に、市場から出たことがないからわからないと、小僧は肩を竦める。

「カルバラまで行くんだぁ～。俺も行ってみたいけど、宿屋の手伝いがあるからなぁ」

羨ましそうな小僧に、帰りに寄ったらカルバラの話をしてやると約束した。

「それより、串焼きを食べたら甘い物が欲しくなってきた。何か美味しいものはないかな？」

成長期の男の子達は、甘い香りのする屋台へと向かっていった。揚げ団子に甘い蜜をかけたものを袋に入れてもらい、指先をベトベトさせて、行儀悪く食べながら歩く。

「喉が渇いたよ～！　この団子は美味しいけど、何か飲みたい」

食べ終わった袋をこれまた行儀悪くクシャッと丸めて、ゴミ箱に放り投げる。

「あっちに、メロンが売っているよ～」

ルーベンスに見られたら食べ過ぎだと怒られそうだが、口の中がベトベトなので、メロンを食べてサッパリさせたいと急ぐ。

「これだけの分のメロンを切ってよ！」

フィンは、串焼きや揚げ団子を買った残りの小銭をジャラッと台に置く。メロン売りにお金分を切ってもらい、二人は屋台の横でメロンにかぶりついた。

「ねえ、女の子は見かけないね」

汁気の多いメロンを食べながら、フィンは質問する。

「市場に女の子なんて来ないよ」

サッサと食べ終えた小僧は、メロンの皮を屋台の横のゴミ箱に放り投げながら答えた。

「でも、ここへ来る途中の水場で、女の子に会ったんだ」

フィンも皮を捨てて、シャツで口を拭きながら呟く。

「あっ、なら、市場で交換するんだよ」

小僧の何でもないような口調にフィンは驚く。

「えっ！　女の子を交換するの？」

小僧は、フィンに遊牧民の風習を教える。

「同じ一族で結婚はできないだろ？　だから年頃の娘をよそへ嫁に出すんだ。普通は近くの部族だけど、いい条件を求めて市場に連れて来る場合もあるよ。男ばかり生まれて嫁不足の部族が相手なら、結納の山羊をたんまりもらえるからね」

フィンは幼さの残ったユンナが、山羊と交換で嫁に出されるのかと思うと、胸がチクリと痛んだ。

三　遊牧民の娘

小僧は夕食の手伝いをしなければいけないし、師匠もそろそろ風呂から出る頃なので、フィンはユンナに拾ったヘアーバンドを返してあげたいけど、と後ろ髪を引かれる思いで宿屋に戻った。

（山羊の結納で、遠くの部族に嫁ぐユンナが幸せになれるのだろうか？）

ポケットの中の赤いヘアーバンドを、フィンはソッと触って考える。

風呂に入って旅の埃を洗い流し、すっきりしたルーベンスは、竪琴を爪弾きながら、宿屋の窓から弟子が帰って来るのを眺めていた。

（なんだ？　市場の屋台で何かあったのか？）

心配になって、フィンと宿屋の小僧の様子を窺う。

「ありがとう！　ゴチになったな！　帰りにまた泊まったら、今度は俺が奢ってやるよ」

宿屋の小僧は嬉しそうな顔でフィンにお礼を言うと、厨房の手伝いへ駆けて行った。

フィンが何らかの面倒に巻き込まれたのか？　と心配していたルーベンスは、その様子を見て、余計に疑問を持った。

「遅くなりました」と謝るフィンにお風呂に入れと命じながら、ルーベンスは年頃の男の子の監督は荷が重いと溜め息をつく。

かつて自分の師匠に隠れて飲み屋の女の子に会いに行ったりした若かりし頃を思い出して、ややこしいことに巻き込まれなければ良いがと眉を顰めた。

フィンは新しくお湯を運んでもらった盥で体を洗い流しながら、もう少しこの地での結婚事情が知りたいと思った。

この市場までのバルト王国での旅を思い出すと、出会った女の人達はにこにこ笑って焼き串やヤグー酒を次々に出してくれるが、商人との取引や曲のリクエストなどは男がするし、あまりよその人間とは話さないみたいだった。

（かといって、おとなしいだけでもなさそうだ。遊牧民の女の人達は、凄い働き者だし……）

てきぱきと山羊の乳を搾ったり、料理をしたり、子どもの面倒を見たりと、常に忙しく働いている女の人達だが、隊商に同行している吟遊詩人のルーベンスの演奏に合わせて歌ったり、男達と踊ったりしている姿も見かけたし、馬にも上手く乗る。

特に年配の女の人は、にこやかな態度を崩さないが、しっかりと部族内の出来事を把握している。その様子が、魔法学校の寮母マイヤー夫人に似ていた。マイヤー夫人と一緒に寮の規則を思い出したフィンは、慌てて耳の後ろを洗った。

フィンは風呂から出ると、こういうことは女の人の方が詳しいだろうと考え、宿屋の女中に話を聞くことにした。

「服を洗濯してもらいます。師匠のは、床に出してある分でいいのですね」

宿屋の女中に洗ってもらうために、二人分の服を持って下に降りる。

「これ、洗濯してもらえる？」

すでにルーベンスからたっぷりとチップをもらっていた女中は、旅で汚れた山盛りの服を、あいよ！　と上機嫌に引き受けた。フィンは宿屋の裏手の井戸端まで服を運んでやる。

「この市場に来るのは、初めてかい？」

女中は盥に水を汲んで、たくましい腕で洗濯板に服をゴシゴシと擦りつけながら、側で見ているフィンに声を掛ける。

「この市場どころか、バルト王国へ来たのも初めてなんだ。でも、色んな国を旅したよ」

へえ？　と、女中は次のシャツを洗いながら、まだ幼さの残る吟遊詩人の弟子を見る。

「あんたはまだ若いのに、あちこちを見てきたんだね？　どうだい？　バルト王国は気に入ったかい？」

　フィンは広い草原が新鮮だったとか、市場の屋台の焼き串が美味しかったとか、馬に飛び乗るのが皆上手いとか、当たり障りのない印象を話した。

「屋台の焼き串？　晩ご飯前に食べたのかい？」

　やれやれと呆れる女中に、晩ご飯も食べられるとフィンが答えると、笑われた。

「でも、腹ごなしに少し動いた方が良いかもね」

　女中に言われて、井戸から水を汲んで盥に入れながら、フィンは気になっていたことを質問する。

「この市場に来る途中で、遊牧民が山羊を連れているのに出会ったんだ。その中に女の子がいたので、不思議に思って……」

　宿屋の女中は異国人に接することも多いので、フィンが口ごもった理由を察した。

「ああ、嫁に行く先を探しに連れて来たんだね。近くの部族に年頃の男の子がいなかったり、条件が悪かったりしたんだろう」

　宿屋の小僧と同じく、女中も当たり前のことのように話すので、バルト王国では珍しいことではないのだとフィンも認める。

「僕には妹が二人いるから、遠い見ず知らずの男の元に嫁に出すだなんて、考えられないんだ」

　女中は手を止めて、フィンの顔をまじまじと眺めた。

「あんたは優しいお兄ちゃんだねぇ！　ここでも、できたら近くの部族に嫁がせたいと親は思うんだよ。でも、あまり血が濃くなるのは良くないからねぇ。時々は新しい血を入れないと、弱い子どもが生まれるのさ」

それはフィンにも少し理解できた。同じ血統の馬や牛を掛け合わすことが駄目なのは、農民でも知っている。

「でも、遠くに嫁いだら、両親や家族に会えないし……。もし、嫁いだ相手と上手くいかなくても、実家に帰れなかったら、ずっと我慢しなくちゃいけないの？」

女中はズボンを洗濯棒でバンバン叩きながら唸った。

「どこにでも威張りちらす馬鹿な男や、意地悪な姑はいるものさ！　まぁ、遊牧地で他の部族と会うこともあるし、そこで実家に伝言すれば男どもが駆けつけてくれるけどね」

フィンは女中に水を汲んでやりながら、何かユンナにしてあげられることはないかな？と考えていた。

「あんた！　変なことは考えるんじゃないよ！　遊牧民の娘は、遊牧民に嫁ぐのが幸せなんだよ！　遊牧民の暮らしは厳しいけど、他の暮らしは知らないんだからね。あんたみたいに、色んな国を旅する吟遊詩人の嫁さんなんてつとまらないさ。さぁ、水を汲んでおくれ」

そう言って女中は、水でザブザブ濯いだシャツを絞り、パァンと広げて干す。フィンは顔にかかった水滴を指で払って、裏庭を後にした。

まだ魔法学校初等科の生徒である自分には、何もできないのはわかっているが、それでもおさげが似合っていたユンナの顔が思い出されて、胸がズキンと痛んだ。

部屋に戻ってきてふぅ～っと大きな溜め息をつくフィンに、ルーベンスはヤグー酒を飲む手を止めた。

「フィン？　何かあったのか？」

物思いに耽っていたフィンは、師匠の言葉で我に返り、洗濯物を裏庭まで持って行き女中と話をしている間に、ルーベンスがヤグー酒を飲み始めていたのに気づく。

「師匠！　ヤグー酒を営業前から飲まないでよ！」

コップを取り上げようとするフィンから、ヤグー酒の入った皮袋とコップを死守したルーベンスは、大人気ない反撃をする。

「人の楽しみの邪魔をする暇があるなら、バルト王国の曲をもう少し練習しろ」

フィンは「飲み過ぎないでくださいよ！」と言い返して、竪琴を出して練習を始めた。

その音に、ルーベンスは首を傾げる。

（おや？　竪琴の音色が変わった気がする。フィンも年相応に色気づいてきたのか？）

みつあみが可愛いユンナの顔を思い浮かべながら、フィンは『遊牧民の娘』を練習した。

（この唄みたいに、ユンナが幸せになるといいのだけど……）

『遊牧民の娘』は逞しい遊牧民の男の元へと嫁いで幸せになる唄なのだ。

四　遊牧民の花嫁

大きな市場なので、隊商は数泊して商売をする。

翌朝、フィンは師匠が起きる前に、ユンナを探してヘアーバンドを渡したいと宿屋を後にした。

「うう～ん、皆、髭もじゃで同じように見えるよ」

山羊を売っているエリアに来て、水場で会った男達を探したが、誰が誰だかわからない。隊商と違い、山羊を売って、生活に必要な物質を買えば、さっさと自分達の遊牧地に帰ってしまう。急がなければ、ユンナの部族の遊牧民もいなくなる。

「ユンナの嫁ぎ先を見つけなきゃいけないから、少しは時間がかかると思うけど……」

口に出した途端、ちりちりと胸に痛みが走った。宿屋の小母さんに言われるまでもなく、まだ自分だけで生活できる訳でも無いのはわかっているし、結婚なんて先の先だと溜め息をつく。

（結婚したい訳じゃない……ユンナとは話してもないのだし……）

初めて意識した女の子が山羊と交換で嫁に行くと聞いて動揺したフィンは、せめてヘアーバンドを渡したいと思い詰めてしまっていた。ポケットからヘアーバンドを取り出して、細かい刺繍をユンナがしたのだろうと眺める。

（そうだ！　竜の卵に愛着を感じるなら、卵がある場所に行くことができる！　なら、これを媒介にして、ユンナのいる場所に行けないかな？）

フィンはヘアーバンドを手に持ったまま、呼吸を整えると、ユンナの居場所を探し始めた。

前の晩にヤグー酒を飲んで眠っていたルーベンスは、強い魔法の波動を感じて目を覚ました。

「この魔法は……あの、馬鹿者が！　潜入先だということを忘れたのか！」

二日酔いで痛む頭を抱えて、ルーベンスは悪態をついた。

「一度、フィンには魔法をセーブするやり方を教えなければな……」

幸い、すぐに魔法の波動は消えた。ざっと調べて、周辺には魔法使いがいないことを確認したルーベンスは、ホッとしてヤグー酒を迎え酒に飲み始めた。

「口煩いフィンがいない間に、ゆっくりとヤグー酒を味わおう！」

美味しい！　と一杯目を飲み干したルーベンスは、それにしてもフィンは何を探していたのだ？　と遅まきながら疑問を持った。

「昨日の竪琴の音といい、まさか初恋か？　そういえば、水場で遊牧民と会ったと言っていたな……。バター茶をもらったとも……。遊牧民の女の子に一目惚れでもしたのか？」

折角、ゆっくりヤグー酒を飲めると思ったのにと、ぶつくさ文句を言いながら立ち上がる。

「遊牧民の花嫁をさらって来られたら、大事だ！　そういえば、あいつはサリン王国でもミランダ姫と駆け落ち騒動を起こしたのだ！」

遊牧民の娘が山羊と交換されて嫁に行くのを、変な同情でもして連れて逃げては大変だと、ルーベンスにしては素早く市場へ駆け出した。


（確か、こっちの方向だったと思うけど……）

フィンも潜入先で魔法はまずいとわかっていたので、探索は短時間ですませたが、そのせいで大体の方向しかわからなかった。

この辺りは、地方から山羊を市場に売りに来た遊牧民が、各々テントを建てている。きょろきょろしながら歩き回る異邦人に、疑惑の目が向けられる。

（このままでは見つけられないかも……もう一度、魔法を使おうかな？）

そう思ったりもするが、自分を怪しむ視線を感じて、足早にその場を立ち去る。

テントが密集している場所を抜けると、柵の中に入れた馬や山羊を、各部族の若手が数人ずつ番をしているところに出た。番人がいるだけなので緊張を解いたフィンは、落ち着いて観察する。

（あれ？　部族ごとに頭に巻いている布が微妙に違う！　ええっと、水場で会った遊牧民は薄茶色に、赤色の縞模様だったっけ？）

　フィンが思い出していると、よく似たターバンを巻いた青年達が手を振ってきた。

「おおい！　昨日、水場で会ったな」

　バター茶のお礼に一曲弾いてもらったのが嬉しかったのか、笑顔で手招きしてくる。

　この若者達にヘアーバンドを渡せば、問題は解決するが、フィンはどうしてもユンナにもう一度会いたいと願った。

「やぁ、また会ったね」

　柵の中には馬しかいないので、山羊は売ってしまったのだろう。どうやってユンナに会わせてもらうか、フィンは頭の中であれこれ考えながら近づく。

「もう、遊牧地に帰るの？」

　馬しかいない柵を顎で指して、フィンは尋ねる。

「いや、山羊は売ったけど、ユンナの嫁入り先がまだ決まらないから、もう少しいると思う」

草笛をぴょよよ～と吹きながらの気楽な返事に、フィンの胸はドキンとする。

フィンは動揺を隠すために、葉っぱを一枚採り、二つに折って草笛を作ると『遊牧民の花嫁』のフレーズを吹いた。

「やっぱり吟遊詩人の弟子だけあるなぁ！　どうやって吹くんだ？」

感心して話しかけてくる青年に、フィンは草笛の作り方や吹き方を教えてやる。近くの柵を見張っていた若者もやって来て、草笛を練習し始める。

「家畜を集める時は、指笛を吹くんだ！　草笛のお礼に教えてやるよ」

フィンも田舎の農家育ちなので、指笛は吹ける。しかし、広大な草原で家畜を集める遊牧民の指笛は、響き方が全く違った。

「ぴぃいいいい～!!」

唇に指をどう当てて吹くのか習ったりしているうちに、すっかり打ち解けてしまった。

「やっぱり上手くなるのが早いなぁ。あっ、そうだ！　ユンナの嫁入り先が決まったら、お祝いの唄をお願いしようかな？　まぁ、その時は俺の嫁さんも決まる訳だから、頼むよ」

日焼けした顔の上からでも、彼の頬が真っ赤なのがわかる。

「コイツ、俺と半年しか違わないのに、もう嫁さんをもらうんだぜ！」

組んで馬の見張りをしていた片方が、フィンの背中を乱暴に叩く。フィンはショックでくらっとした。

「まぁ、ユンナと交換に嫁さんが来るから、ユンナも大事にされるさ！」

「お前も、嫁さんを大事にしろよ！　嫁さんの部族にテント壊しされたくないぜ！」

（テント壊し？）

意味がわからず変な顔をしているフィンに、二人は説明する。

「嫁入りした娘が大事にされてないと聞いたら、実家の部族の男どもが集まってテントを壊しに行くのさ！」

「娘は連れて帰るし、凄く不名誉な噂が立つから、次の嫁さんを見つけるのには、山羊を何倍も結納しなきゃいけなくなるんだ。お前、ちゃんと大事にしろよ！　俺の嫁さんが来なくなるからな！」

二人の身内同士のふざけ合いを聞いているうちに、ユンナは自分と違う世界に生きているのだと、小さな悲しみと共に理解した。

「これっ！　水場でヘアーバンドを拾ったんだ。きっと、ユンナのだと思うのだけど、会って渡してもいいかな」

違う世界の女の子だと悟ったからこそ、最後にもう一度会いたかった。日焼けした若者は、吟遊詩人の弟子が、大切な部族の娘に何かしでかさないかと、一瞬キツい目になった。

「ヘアーバンドを渡すだけだよ～」

フィンの様子にまだ子どもだから大丈夫だろうと、二人は自分達のテントを教えてやった。

「言っておくけど、ユンナにちょっかいを出すなよ！」

フィンはちょっかいなんか出さないと約束して、教えてもらったテントへ走っていく。

「おい、いいのか？　女は唄が上手い奴に弱いぜ」

「そうだなぁ、お前一人で番をしてろ！　俺はちょっかいを出さないか見張ってくる。しまった！　ヘアーバンドは俺が渡せば良かった」

嫁さんをもらえると思って浮かれているからだとからかわれながら、日焼けした青年はテントの方へ向かう。

「ユンナ！」

教えてもらったテントの前に、何人かの男と一緒に丁度ユンナが立っていた。俯いていたユンナは、フィンの声に驚いて顔を上げた。ユンナの目がフィンを捉え、水場で会った吟遊詩人の弟子だと認める。

「ユンナ！　これ、水場に落としただろ？」

差し出されたヘアーバンドを見て、ユンナはパッと笑顔になった。

「ありがとう、大切にしていたの」

フィンはユンナにヘアーバンドを手渡して、そのまま手を握りしめた。

「俺はフィンって言うんだ、覚えといてね」

その途端、部族の男がフィンを突き飛ばした。

これからお見合いなのに、子どもとはいえ男に手を握られて良いはずがなかった。

「こら！　邪魔だ！　あっちに行け！」

怒鳴られたフィンが脇によけると、男達はユンナを連れてどこかに行った。

「あれ？　皆はどこだ？」

放心していたフィンは、馬の番を放り投げてきた若者に、見合いに行ったよと答えた。

「見合い！　ユンナが相手に気に入られたら、俺も見合いだ！　じゃあ、俺も着替えなきゃ！」

有頂天でテントに入る若者を見て、フィンは堪えていた涙を一粒こぼした。

その時、フィンの後ろから聞き覚えのある声が響いた。

「なに、泣いているんだ！」

ぼすっと頭を抱きかかえられて、フィンは長身のルーベンスの胸に顔を埋めた。

「ちょっと感傷的な気分になっただけです」

少し落ち着いたフィンは、師匠の胸を押しのけて、澄みわたる空を見上げた。

「ふん！　秋が近づいているから感傷的になるだなんて、食欲魔神のお前さんには百年早いわ！」

ルーベンスは涙の理由を追及しない。

そんな師匠の様子に、フィンもいつもの調子を取り戻し始めた。

胸に顔を埋めた時に、ヤグー酒の匂いがしたのを思い出す。

「朝っぱらから、ヤグー酒を飲んだのですね？」

「潜入先で不用意に魔法を使ったボンクラに、小言など言われたくないわ」

二人は言い争いながら、宿屋に戻った。

五　泥縄

取引を終えた隊商は再び旅を始め、ルーベンスとフィンもその列に並んでいた。

フィンはロバの上で、後ろを振り返った。

（ユンナ、お嫁さんに行っちゃったなぁ……）

赤い花嫁衣装を着たユンナの姿を思い出して、胸がキュンとする。

あの後、ルーベンスに失恋ついでだからと、バルト王国の結婚を祝う唄を教えてもらって、ユンナが幸せになれるようにと心を込めて演奏した。

遠くなった市場の周りのテント群が白く霞んで見えるのは、フィンの目が潤んでいるからかもしれない。

「おい、さっさと進め！　お前がドンケツだぞ！」

警護の男に声を掛けられて、フィンは師匠の横までロバを急がせる。

（やれやれ、失恋の痛手から早く回復してくれないと困るぞ。首都カルバラには、魔力を持った水占い師がいるのに……）

遊牧民にとって、水の確保は重大問題だ。基本は同じ季節に、同じ水場へ移動するのだが、川は時々流れを変えるし、地下を流れることもある。そうなると、移動した先の水場が枯れていることもある。

そんな時は、水占い師の出番だ。彼等は新しい遊牧の経路を示し、数部族からの謝礼をもらい、普段は首都カルバラで悠々自適の生活を送っている。

「師匠、あとどのくらいでカルバラに着くのですか？」

ぼんやりと質問するフィンに、ルーベンスは活を入れたくなったが、周りの隊商の目を気にして我慢する。

「それより、竪琴の練習をしろ！」

夜になったら、カルバラ近くでは不用意な魔法を使わないように注意しておこうと、何度目かの決意をした。市場では、つい美味しいヤグー酒の誘惑に負けて酔っ払ってしまい、フィンに注意をし忘れてしまったのだ。

魔法学校のヘンドリック校長やヤン教授が知ったら、何をやっているのですか、師匠失格です！　と、怒ったことだろう。

内陸のバルト王国は乾燥しているので、日中は日差しが強くて暑いが、夜になるとめっきり寒くなる。隊商は荷馬車を円形に止めて、中心部の焚き火が夜中消えないように、何人かが寝ずの番をする。

そして、焚き火を囲んで食事を取り、酒を飲み交わして、あちこちの地方の情報などをやり取りするのが、隊商の夜の過ごし方だ。吟遊詩人のルーベンスとフィンはいつも、夕食を提供してもらったお礼に二、三曲は演奏する。

普段は、勧められるままヤグー酒を飲むルーベンスだが、今夜はフィンに注意をするために、珍しく断った。

「ええっ！　あんたが酒を断るだなんて、体調でも悪いのか？」

長旅の途中なので、商人達も夜遅くまでは酒盛りはしないが、話の上手いルーベンスがいると場が盛り上がるのだ。引き留める商人達に、カルバラまでは遠いのでと、断りの言葉を残して、警備隊の幌馬車にフィンと籠もる。

フィンも師匠がヤグー酒の誘いを断ったのを不審に思っていた。

「どこか具合が悪いのですか？」

やれやれ、どうもフィンにまで酒飲み扱いされていると、ルーベンスは溜め息をつく。

「お前はバルト王国の水占い師について、何か習っているか？」

それを教えるのも師としての仕事だが、それを棚に上げてフィンに尋ねる。

「確か、木の枝を使って水場を見つけるとか、水晶を糸でぶら下げて……ってあまり習ってないよ！　だって、初等科一年の秋学期から魔法学の授業は師匠に付いているもの！」

確かに、防衛魔法の強化とか、難しい魔法学の本は勉強させたが、他国の魔法事情などは教えていなかったと、ルーベンスはほんの少し反省する。

「それは……だから、これからお前に教えるのだ」

フィンは「忘れていたんだ」と、ルーベンスの顔を睨む。弟子に睨まれるぐらい、ルーベンスにとっては蛙の面にションベンだ。

「バルト王国の水占い師の中には、強い魔力を持つ者もいる。ほとんどは下級魔法使い以下だが、首都カルバラにいる水占い師には注意をしなければいけない。不用意に魔法を使えば、魔法使いだとバレてしまうぞ」

フィンはユンナの居場所を探索する魔法を使ったのを思い出して、しょんぼりと頷く。

「バルト王国にいる間、魔法は使いません」

ルーベンスは、こいつは阿呆か！　と苛立った。

「むやみやたらと魔法を使うのは禁物だが、潜入調査に必要な魔法は使わないと駄目だろうが！　それに、危険が迫っていたら、正体がバレようが使わなければ死ぬぞ！」

コツンと軽く頭を殴ると、ルーベンスは魔力を抑えて使う方法を教えた。

「ここの周りに魔力を持つ者がいないか探索してみろ！」

フィンは珍しく師匠から魔法を習うので、張り切って探索の網を隊商の中から草原へと広げる。ルーベンスには探索の網が、朝日に輝く蜘蛛の糸のようにハッキリと見えた。

「馬鹿者！　そんなに目立つ探索などしたら、ここに魔法使いがいますと叫んでいるのと同じだ」

ゴツンと頭をまた小突かれて、フィンは探索をやめる。

「あれ？　師匠は目の前にいるのに、この探索には引っ掛からなかった」

不思議そうな弟子に、魔力を隠す方法も教えなければいけないのだと、思い出した。

ルーベンスが探索をする時、フィンはいつも輝いて見えるのだ。

「お前には、色々と教えなければいけないようだ……」

フィンは吟遊詩人の修業ばかりで、魔法の技はあまり教えてもらっていなかったので、やったぁ！　と喜んだ。

この夜から、フィンは師匠に、魔力をセーブする方法や、自分の魔力を隠す方法を教わった。首都カルバラに着く前にどうにか習得したが、バルト王国に来る前に教えてもらいたかったと愚痴った。

「まるで泥縄だよ～」

ルーベンスは弟子の文句などには、聞く耳を持たない。自分の魔力の気配を消せるようになったフィンに、やっとヤグー酒が安心して飲めると嫌味を返す。

「毎晩、お前さんの練習のために幌馬車に籠もったせいで、商人達から年寄りだから夜は早いのだろうと皮肉を言われたぞ。酒の付き合いを断るだなんて、吟遊詩人らしくもない！　お前がどんくさいから、変な目で見られたじゃないか」

フィンは吟遊詩人だからといって、そんなに酒を飲む必要はないだろうと、いそいそと商人達の元へ行こうとしているルーベンスに小言を言う。

「あまり、飲み過ぎないでくださいよ～！　二日酔いになっても、知りませんよ」

口煩い弟子を、ほんのちょっぴり、一晩だけ蛙に変えたくなったルーベンスだった。

六　首都カルバラ

草原を進んで行くと、遠くに岩山と川が見えてきた。

「あれが、首都カルバラだ！」

師匠が岩山を指した。フィンもそちらに目を向けたが、岩山の周りには少しの建物しかなかった。

「首都にしては、何だか建物が少ないような……遊牧民だからですか？」

隊商の目的地である首都カルバラが、こんなにショボい街だなんてと、フィンはがっかりした顔をする。

「あの岩山自体がカルバラの街なのだ。ほら、よく見てみろ！　洞窟を掘って暮らしているのだ」

目を凝らすと、岩山のあちこちに道らしい筋や、橋、扉らしき物が見えた。

「こんなに広い土地があるのに、何故、岩山を首都にしたの？」

ルーベンスは、自分にもバルト王国の人達のすることは理解できないと笑った。

「あの川は雪解け時期には、氾濫するのだろう。それで、高い場所に住居を造ったのかもしれないし、盗賊から家族や財産を守るためなのかもしれない。何にしろ変な岩窟首都だ」

何度かカルバラに行ったことがあるルーベンスは、見た目ほど不自由ではないと知ってはいたが、やはり他国と比べると奇異に見える。

「ここに、一週間後の朝に集合だ！　遅れた者は置いて行くからな」

護衛隊長のダンカンが、カルバラの街の外、岩山のふもとで皆に伝えた。

商人達は、それぞれ荷馬車を止める場所を探したり、取引相手の元へ荷物を運んだりと、忙しそうだ。

ルーベンスとフィンは岩窟都市を見上げて、ふぅと溜め息をついた。

「こんなに入り組んでいるなんて、遠くからはわからなかった」

迷路のように造られた道を見て、フィンは迷わないかと不安になった。

「外の道だけではないぞ！　あの岩山の内部の通路も入り組んどる。ここでは魔法は使えないから、しっかりと目を開けて、道を覚えるのだぞ」

フィンは、馬から降りて手綱を引いて宿屋へ向かう師匠の後ろを、ロバを引っ張り、道を覚えながら付いて行く。

「へぇ～！　思ったより、道が整備されているのですね」

首都カルバラまでの道中、市場以外ではテント集落しか見ていなかったので、フィンは驚いた。

「ぼんやりしないで、付いて来い！　ほら、屋台の匂いなど嗅いでないで、道を覚えろ」

美味しそうな香りに鼻をひくつかせるフィンを叱ったが、そのルーベンスもヤグー酒を売っている店にフラフラと近寄ってしまう。するとフィンから釘を刺されてしまい、ルーベンスはばつが悪そうに顔をしかめた。

「口煩い弟子だ！」

後で買いに来ようと店の場所をチェックして、ルーベンスは前に泊まった宿屋を探し始める。

「確か、この路地を入った所だと思ったが……」

ルーベンスの物言いがはっきりせず、どうも頼りない。

フィンは、迷うなと言っていた師匠が道を忘れたのかと呆れた。

「前にカルバラに来たのは、何十年前だったかなぁ……。ヤグー酒が美味い宿屋だったが、潰れたのかもしれん。おい、フィン！　三頭の山羊が描いてある看板が見えないか？」

同じような路地が何本もあるので、二人は手分けをして三頭の山羊の看板を探すことにした。

少し探すと、ルーベンスの前方に目当ての看板が現れた。

「おお、一本路地を間違えていたようだ！　おや、フィン？　どこへ行ったのだ？」

どうやら自分の声が聞こえない所まで行ってしまったようだが、宿の看板は教えているので、わかるだろうと肩を竦める。

ルーベンスは美味しそうなヤグー酒の香りに、喉をゴクリと鳴らして、フィンが辿り着くまでに、一杯飲んでおこうと舌なめずりをした。

一方、フィンは道に迷った時に絶対にしてはいけないことをしていた。

「えぇっと、確か、この道を来たんだよね……あれ？　違うかな？　あっ！　あの店は……前に通らなかったかな？」

あやふやな記憶を頼りに、迷路のように入り組んだ道を進み、元の場所からどんどん離れていく。

「どうしよう！　道に迷っちゃったよ～！」

ロバを引っ張りながら、フィンはきょろきょろと周辺を見渡す。

「こんな階段は、通らなかったと思うけど……通ったかな？　橋なんて絶対に渡ってないよね……」

岩山と岩山を結ぶ橋まで来て、さすがにここを渡るのはまずいと引き返す。しかし、引き返す時に、また道を間違えたのか、フィンはどんどん狭い路地へ迷い込んだ。

「わぁ～ん、師匠！　ここは住宅街だよ～！　宿屋なんか、どこにも見あたらないよ！　そうだ、三頭の山羊の看板がある宿を教えてもらおう！」

やっと道を尋ねようと思いついたのは良かったが、賑やかな下町と違い、岩の間の細い路地には人気がない。

「ど、どうしよう……下に向かって行けばいいのかな？　一旦、岩山の外まで降りたら、わかるかな……」

どうしようか迷っていると、岩の壁に設置してある扉が開いて、女の子が顔を出した。

その姿にフィンは目を丸くする。

「ええっ！　ユンナ！　まさかカルバラにお嫁に来たの？」

驚いて声を掛けたフィンを、女の子は怪訝な顔で見上げる。髪を二つに分けたお下げと、花が刺繍された赤いベスト、それに縞模様の赤いスカートは一緒だが、白いブラウスには金糸の刺繍が入っているし、よく見ればもう少し幼い。

「私はユンナじゃないわ」

ツンと怒るところも、ユンナとは違う。

「ごめん、知り合いと似ていたから……」

その女の子は、フィンの謝罪の途中で手を振って制した。

「貴方はカルバラの住民ではないわね。その楽器を持っているということは、もしかして旅の吟遊詩人なの？」

フィンはこの女の子の性格が、ミランダ姫に似ている気がした。

「そうだけど……道に迷っているんだ」

女の子はフィンの答えに呆れたようだった。口には出さなかったが、その顔が「まぬけね！」と語っている。

「宿は決まっているの？　案内してあげるわ」

フィンはこの女の子から離れた方が良いという予感を覚えたが、他に頼れる人もいないので、渋々目印を教える。

「三頭の山羊が描いてある看板の宿屋だよ」

「付いて来なさい！」

女の子はフィンよりチビなのに、態度は偉そうだ。

でも道に迷っているのだから仕方ないと、女の子の後ろを付いて行く。

「ところで、貴方の名前は？」

突然、女の子が止まったので、フィンはその背中にぶつかりそうになった。

「人に名前を聞くときは、自分の名前を先に名乗るものだよ」

見上げる女の子に、フィンは注意する。

「ふぅ～ん、外国ではそれが礼儀なの？　まぁ、いいわ！　私はアイーシャ！　月の娘という意味よ」

名乗ったのだから教えなさい！　と言わんばかりに挑発的に輝く黒い瞳を見て、フィンは苦笑する。

「俺は、フィン」

アイーシャは「フィン？　変な名前！」と鼻を鳴らした。

（この傲慢な態度！　今まで見たバルト王国の女の子と大違いだ！　宿屋に着いたら、駄賃をあげて、さっさと別れよう！）

しかし、フィンの計画は、呆気なく頓挫した。道案内をすると言ったアイーシャが、道に迷ったのだ！

首都カルバラに着いた途端、フィンは厄介事に巻き込まれたが、師匠のルーベンスは極上のヤグー酒を飲んでいて、まだ気づいていなかった。

七　困った弟子達

「ちょっとぉ～？　もしかして、道に迷ったんじゃない？」

さっきから同じ屋台の前を何回も通っていると、フィンは苦情を言った。

「うるさいわねぇ！　貴方はカルバラの住人じゃないのだから私に付いて来ればいいのよ」

フィンは、お腹は空いてくるし、喉もからからで我慢の限界だった。

「屋台の人に、宿屋の場所を尋ねるよ」

焼いた山羊肉を平たいパンに挟んで売っている屋台に近づく。

「ちょっと、待ちなさいよ！　私が案内してあげると、言っているでしょ」

アイーシャは怒って止めるが、フィンは構わず、屋台のオヤジに、一つちょうだい！と金を渡す。

「三頭の山羊の看板がついた宿屋を探しているんだ、知らないか？」

オヤジは肉を挟んだパンを渡しながら、太い眉を顰めた。

「ああ、三山羊亭だなぁ！　宿屋の場所は知っているが、ここからの行き方を説明するのは難しいなぁ。一旦、下まで降りてから、あの大きな道を上がって、七本目の路地を曲がれば見つかるさ。これでわかるかい？」

フィンはやはり下まで降りなきゃいけないのかと、溜め息をついた。

「だから、私が案内してあげると言っているのよ！」

平たいパンに挟んだ山羊の削ぎ肉は香辛料がピリッとして、あっさりとしたヨーグルトソースとよく合う。横でアイーシャが文句を言っているけど、お腹が空いているフィンは無視して、夢中でパクつく。

「もういいよ！　ここまで連れて来てくれて、ありがとう」

お駄賃をあげようとしたら、アイーシャは怒って叩き落とした。

「お金のために道案内をしたんじゃないわ！」

さすがにフィンも悪いことをした気持ちになり、ごめん！　と声を掛けたが、アイーシャは走り去ってしまった。

「あの娘は水占い師の弟子だな……兄ちゃん、怒らせない方がいいよ！　ほら、さっさと謝りに行きな！」

屋台のオヤジが、おろおろしてフィンに声を掛ける。

「アイーシャが水占い師の弟子？　どうして、そんなことがわかるの？」

フィンは今すぐ謝るほどではないだろうと、パンを呑気に食べている。

「あの金糸の刺繍がついた服は、王族か水占い師しか着られないんだ。お姫様がこんな下町をうろついている訳が無いから、水占い師の弟子だろう。カルバラで水占い師を怒らす馬鹿はいないぜ！　早く、謝りに行きな！」

こっちに迷惑が振り掛かっては大変だと、屋台のオヤジは包丁を振り回して、フィンを急かす。

「ちょっと、包丁を振り回したら危ないよ～」

フィンも空腹が満たされて気分が落ち着き、アイーシャに謝りたい気持ちになってきた。

「さっきは気が立っていたから、アイーシャにキツい言い方をしちゃったな。道案内は……まぁ失敗したけど、親切にしようとはしてくれていたんだし。どうせ下まで降りなきゃいけないんだから、アイーシャを見つけて謝ろう！」

アイーシャは出会った場所とは反対の、下の方へ走り去って行った。

どの国の首都でも同じだが、王宮に近い方に大きな屋敷があり、離れていくと下町になる。アイーシャが、大きな屋敷が並ぶ住宅街に住んでいるなら、下町には詳しくないだろう。

（道案内をするって言いながら、道に迷ってしまったんだものなぁ）

フィンは、妹達と同じ年頃のアイーシャを見捨てられない。

疲れて機嫌の悪いロバを引っ張りながら、フィンはアイーシャを追いかけていく。

（師匠と登った大きな通りと違って、何だか物騒だなぁ）

道端に座って水煙草を吸っている髭面の男達は、男のフィンの目にも、少し怖く見える。この国では水占い師は恐れられているみたいなので、アイーシャに変な真似をする人間が滅多にいるとは思えないが、どうも嫌な予感がする。

下に降りて行くにつれて、昼間っからヤグー酒を飲ませている酒場が増えてきた。

（早くアイーシャを見つけなきゃ！　ここら辺は、かなりヤバいよ）

バルト王国にも娼婦がいるらしく、濃い化粧をして胸もあらわにしたお姉さんに声を掛けられる。

「ちょっと、坊や〜！　遊んでいかない？」

昼間から客引きしている女からは、ヤグー酒の匂いがした。

「あんた、そんな子どもに声を掛けても無駄だよ！　そんなにヤグー酒を飲んだら、ぶっ倒れてしまうよ」

やり手に見える婆(ばばあ)が、女の手からヤグー酒の入った皮袋を取り上げて、夜まで寝ていろと叱りつける。

フィンは、サリヴァンにも娼婦がいると聞いたことはあったが、魔法学校は王宮の横にあるので、見たこともなかった。娼婦に声を掛けられたのも初めてなので、真っ赤になって、固まってしまっていた。

「おや、坊や。あんたが客になるにはちょっと早いよ！　さっさと行きな！」

やり手婆の言葉で、フィンはハッと我に返った。

「ねぇ、迷子の女の子を探しているんだ。金糸の刺繍があるブラウスを着た、お下げの女の子を見なかった？」

やり手婆は話を聞いた途端、娼婦から取り上げたヤグー酒の入った皮袋をぶんぶんと振り回して、フィンを追い払おうとする。

「金糸のブラウスだって！　そんな女の子のことなんて知らないよ！　あんた！　私が水占い師の弟子にちょっかいを出す馬鹿だと思っているのかい？　言い掛かりをつけたりしたら、承知(しょうち)しないよ！　とっとと、アッチにお行き！」

年寄りとは思えない凄い勢いで追いかけられて、疲れていたロバも、ブヒィヒィ～ンと走り出す。

「おい！　止まれよ～」

暴走したロバに引っ張られて転けそうになりながら、フィンは、魔法が使えたら簡単に止められるのになぁと愚痴る。グイッと手綱を引いて、やっとロバを止めることができた。

「喉がカラカラだよ！　お前も水が欲しいだろう？」

井戸か水飲み場がないかと、きょろきょろしていると、アイーシャによく似た女の子が角を曲がろうとしていた。

「おお～い！　アイーシャ！　さっきはごめん！」

くるっと振り向いた女の子は、やはりアイーシャだった。フィンを見て、ホッとした表情を一瞬浮かべたが、すぐにツンと顔を上げて言い返す。

「やっぱり、私に道案内をしてもらいたいのね」

ここまで降りたなら、道案内があってもなくても同じだと思ったが、フィンはアイーシャも道に迷って不安なのだと察して頷く。

「ねぇ、俺もロバも喉が渇いたんだけど……どこかで、水が飲めない？」

それを聞いてアイーシャは俄然張り切った。

「仕方ないわねぇ！　フィンがそんなに頼むなら、水を喚び寄せてあげるわ」

そんなことは頼んでない！　と、フィンが止めようとするのを、睨みつけて黙らせる。

「うるさくしないで！　精神を集中しなくちゃいけないの」

自分を睨む黒い瞳が、ほんの少し可愛く思えて、フィンは口を閉ざした。

アイーシャが大きく息を吸い込んで、ゆっくりと吐きながら、精神を集中していく。

フィンが魔法学の授業で習った方法と同じだ。

「母なる大地よ、我が元に水をお与えください」

フィンはアイーシャがとんでもなく大きな魔法を掛けようとしているのだと気づいた。

「ちょっと！　俺とロバが水を飲める井戸か何かを教えてくれればいいんだよ」

アイーシャの肩を軽く叩いて、魔法を中断させる。

「何をするの！　折角、習ったばかりの水を喚び寄せる術を掛けていたのに……こんな高等な術は、そんじょそこらの水占い師ではできないのよ」

フィンは、アイーシャの師匠はこんな街中で大きな魔法を使っても叱らないのだろうかと溜め息をついた。

「アイーシャが凄い水占い師かどうかは知らないけど、俺は水の飲める場所を教えてもらえれば、それでいいんだ」

アイーシャは、フンと鼻で笑った。

「水のある場所ぐらい、もぐりの水占い師でも教えられるわ」

フィンは、丁重に教えてくださいと頼んだ。道に迷い、娼婦に声を掛けられ、やり手婆にロバを暴走させられ、もう喉がカラカラだった。

「初めから、そう言えばいいのよ」

　フィンは反論する元気もない。

　アイーシャに教えてもらった水飲み場は、岩から金属の筒が飛び出していて、そこから流れ出る水が岩をくり貫いた穴に溜まる仕組みになっていた。

　ロバにたっぷり水をやり、フィンも筒から流れ出る水を手で掬って飲む。

「冷たくて、美味しい水だね！　生き返った気持ちになるよ！　アイーシャ、君も飲まない？」

　フィンが両手に汲んだ水を差し出すと、アイーシャは意外にも素直に飲み干した。

「本当に美味しい水だわ」

　フィンは濡れた手と口をシャツで拭いたが、アイーシャはスカートのポケットからハンカチを出して、唇を押さえた。

「へぇ、行儀がいいんだね」

「当たり前よ！　私は……そんなことより、三頭の山羊が看板の宿屋へ案内してあげるわ」

　それは勘弁して欲しいとフィンは思ったが、これ以上怒らせたくなかったので、ロバを引っ張りながらアイーシャに付いて行く。

宿屋のルーベンスは、魔法の気配に気づき、目を細めた。

（うん？　この波動は……フィンが魔法を使った訳では無さそうだが……。それにしても、あいつはどこをほっつき歩いているのだ？）

たとえ道に迷っても、一旦下まで降りれば宿屋へ来られるだろうと、ルーベンスはヤグー酒をお代わりした。

フィンの師匠が呑気にヤグー酒を飲んでいた時、アイーシャの師匠ラザルは真っ青になっていた。騎馬民族のバルト王国には珍しく、ぽっちゃりと太った身体で、ソファーの前を行ったり来たりしている。

「アイーシャ様！　どこにいらっしゃるのですか？　それに、何をしておられるのか！」

水を喚び寄せる術の波動を感じとったラザルは、首都カルバラでむやみやたらと大きな術を掛けてはいけないと教えたはずなのにと、ハラハラする。

「お迎えが来る前に、帰って来られないと……大変なことになるぞ！」

手を打って召使いを呼び寄せ、探して来るようにと命じた。ソファーにドスンと座り込むと、汗をハンカチで拭う。

「誰か！　お茶を……そうか、全員出払っているのか……」

カルバラで一番の水占い師ラザルは、行方不明の弟子が心配で目眩がしそうだった。

八　シラス王国に連れて行って！

フィン達は迷いながらも、なんとか大通りに辿り着いた。

「ほら、あそこに三頭の山羊の看板が見えるわ！」

どうよ！　と、威張るアイーシャに、フィンは一旦下に降りた方が早かったと内心で愚痴った。

「ありがとう」と、アイーシャにお礼を言って、ロバの手綱を出迎えた三山羊亭の小僧に渡す。

「師匠が先に着いたはずだけど、ヤグー酒を飲んでる？」

「ああ、何杯もおかわりしているよ」

「ちぇっ、ちょっと目を離したら、昼間っからヤグー酒を飲んじゃうんだから」

フィンはロバから荷物を降ろすと、急いで宿屋に入ろうとして、こちらをじっと見ているアイーシャに気づいた。

「ええっと、もしかして屋敷まで帰る道がわからないの？」

アイーシャは、そんな訳ないでしょ！　とそっぽを向く。フィンは荷物を肩に担いだまま、どうしようかと悩む。

「俺は師匠をヤグー酒から遠ざけなきゃ、それに荷物も部屋に運ばなきゃいけないし……」

アイーシャは、帰り道はわかるわと言うが、フィンから離れようとしないし、何か困った顔をしている。

「ねぇ、道がわからないなら、小僧と一緒に送って行くよ。水占い師の名前を教えてくれたら、きっと知っていると思うから」

アイーシャは、違うと首を横に振った。

「もしかして、何か用があるの？」

フィンは、困った顔をした女の子を放っておけない。

「旅の吟遊詩人なら、シラス王国にも行ったことがあるでしょ。シラス王国に連れて行って！」

あちゃあ！　聞かなきゃ良かったとフィンは後悔したが、もう遅い。

「そんなの無理だよ」

女の子を誘拐したと思われて、アイーシャの身内の男達に追いかけられたくない。

「貴方では話にならないわ！　貴方の師匠と話をさせて」

フィンを押し退けるようにして、アイーシャは宿屋に入る。ミランダ姫を思い起こさせる強引さに、フィンはうんざりする。

（まぁ、師匠が断ってくれるだろう）

フィンは荷物を肩に担ぎ直すと、アイーシャを追いかけるように宿屋に入った。

岩山をくり貫いた宿屋の中は、外の暑さを遮断しており、ひんやりとして快適だ。

「へぇ～！　思ったより明るいし、広くて、居心地が良さそう」

「ねぇ、あの白髪のお爺さんが、貴方の師匠なの？」

強引にフィンを押し退けて先に入ったくせに、アイーシャはヤグー酒を飲んでいる老人に、声を掛けるのを躊躇していた。

「紹介してよ！」

さっきまで強気だったアイーシャが、フィンのシャツを引っ張ってお願いしてくる。厄介事を持ち込みたくないフィンは、アイーシャのお願いに困り切ってしまう。

そこへ、当のルーベンスが声を掛ける。

「やっと来たのか？　道に迷ったにしても、遅かったな」

ルーベンスは、フィンを待っている間にヤグー酒を何杯も飲んでご機嫌だ。フィンは、旅の汚れも落とさないうちに酔っ払った師匠から、杯を取り上げた。

「もう！　昼間っから酔っ払わないでください。さぁ、部屋でひと休みしたら、お風呂を頼みましょう」

師匠を部屋に連れて行こうとしたが、その前にアイーシャが立ちふさがる。

「貴方は旅の吟遊詩人なのよね。お願い！　シラス王国に連れて行って欲しいの！」

ルーベンスは、フィンがまたもや厄介事を持ち込んだのかと溜め息をついた。

「フィン？　この女の子は誰だ？」

師匠に質問されて、フィンは渋々紹介をする。

「ええっと、この子はアイーシャ。道に迷っていたので、案内してくれたんだ」

ざっくりとした説明を聞いている間に、ルーベンスはアイーシャから魔力を感じ取り、目ざとくブラウスの金糸の刺繍にも気づいて、頭が痛くなった。

「私は、女の子を親の許可も無く、外国に連れて行くつもりはない。さぁ、家に帰りなさい」

きっぱりと断られたので、アイーシャは少し怯（ひる）んだが、諦（あきら）めるつもりはなかった。

「では、親の許可をもらえばいいのね！」

ルーベンスは、厄介事は御免（ごめん）だと言おうとしたが、その前にアイーシャはつむじ風のように去っていた。

「フィン！　何でお前は変な女の子に引っ掛かるんだ」

師匠に叱られて、フィンは自分のせいじゃないよと、唇を尖（とが）らせた。

「そういえば、アイーシャは水占い師の弟子みたいなんだ。水を喚び寄せる術を、こんな街中で使おうとしていたよ」

ルーベンスは先ほどの魔法の波動は、それが原因だったのかと呆れる。

「水占い師に叱られるだろうな。ついでに、シラス王国に行きたいだなんて馬鹿な考えも、叩き直してくれるだろう。それに、バルト王国の親が娘を外国に行かせる訳が無い」

少し飲み過ぎたルーベンスは、部屋のベッドに倒れ込んだ。

ルーベンスは楽観的だが、あのアイーシャが簡単に師匠の言うことを聞くだろうか。

フィンは荷物を片付けながら、アイーシャが諦めてくれたら良いけど、と不安を拭えずにいた。

九　水占い師ラザルの憂鬱

「どこに行かれていたのですか！」

心配して身も細るような気持ちになっていたラザルは、真っ赤な顔で走って帰って来た弟子の格好に驚いた。

「どうしたんです、その格好は？　女中のスカートでは……」

アイーシャは師匠の小言を無視して、バタバタと二階に駆け上がる。実は、裏庭に干されていた女中のスカートを、勝手に借りて着て外へ出ていたのだ。

アイーシャの本来のスカートは、色は同じく赤だが、毛織物ではなく艶やかな絹で、縞模様には細かな刺繍が施されている。

アイーシャは、脱ぎ捨てていた薄い絹のベールがついた帽子を被ると、女中部屋の小さな鏡で、曲がっていないかチェックする。

（乳母のメルローに外出したと知れたら、嫁に行くまで王宮から一歩も出してもらえなくなるわ）

怖いもの知らずのアイーシャだが、赤ちゃんの時から育ててくれたメルローだけには、頭が上がらない。

着替えをすませたアイーシャは部屋を出て、階下のラザルに呼びかける。

「まだ迎えは来てないでしょうね！」

ラザルは、王女の服装に着替えて降りてきたアイーシャに、少しホッとする。

「ええ、まだ……そんなことより、こんな街中で水の喚び寄せの術を使うだなんて！　いえ、その前に、勝手に外に出てはいけません！」

どこから叱ったら良いものかと、ラザルは頭を抱えた。

「これ！　誰か、お茶を！」

アイーシャも走って帰って来て喉が渇いたので、ラザルに便乗する。

「私も、お茶をもらいたいわ」

全く反省の色もなくしゃあしゃあとした態度に、ラザルの堪忍袋の緒が切れた。

「私が客人と話している隙に逃げ出すだなんて、何を考えておられるのですか？　アイーシャ様がお供も連れず外を歩いたとルルド王に知られたら、私の首は城門に晒されてしまいます！」

アイーシャは、火に油をそそぐような反論をする。

「お父様は、師匠の首など城門に晒さないわ。そんな年寄りの首なんか、誰も見たくないでしょうし、交易に訪れる商人の足が遠退いたら困るもの」

アイーシャの揚げ足取りに、頭の中の血管がプチッと切れそうなほど、ラザルは怒り出した。

「そもそも、アイーシャ様には師匠を尊敬して、その言葉に絶対に逆らわないという姿勢が欠けています。そんなことでは、水占い師になどなれませんよ」

その後も延々と師匠の小言を聞かされて、アイーシャは初めて王宮からのお迎えが待ち遠しい気持ちになった。

バルト王国の王女として生まれたアイーシャは、王宮の外にはそうそう出かけられない。水占い師のラザルの屋敷に、月に一、二度出向いて修業するのが唯一の楽しみだったが、この日は輿が迎えに来た途端、素早く乗り込んだ。

アイーシャが去った後、ラザルはお茶を飲んで一息ついた。

「ハッ！　叱るのに夢中で、どこに、何故行かれたのか、聞き損(そこ)ねた！」

ラザルは、疲れ切ってとても憂鬱(ゆううつ)な気分になった。

「当分は、修業をお断りしよう……もともとアイーシャ様は王宮から出てはいけないのだ」

　末っ子の王女様の我が儘に振り回されるのは御免だと、ラザルは溜め息をついた。

　師匠に修業お断りされているとも知らず、アイーシャは次のお出かけの日までに、どうにかして、父を説得、もしくは誤魔化そうと考えながら輿に乗っていた。

（魔法の修業をするためにシラス王国に行きたいと正直に言っても、絶対に許してくださらないわ。だから、何か別の理由が必要ね。……確か、シラス王国には王子がいたはずよね。年はいくつぐらいなのかしら？　……政略結婚だなんてゴメンだけど、お見合いを理由にシラス王国に行けるかも！）

　遠いシラス王国のノースフォーク騎士団で、見習い騎士と一緒に武術訓練していたアンドリューは、何故かゾクゾクッと悪寒(おかん)がしたのだった。

十　アイーシャとうるさい乳母と爺

「アイーシャ様、お帰りなさいませ」

乳母のメルローに出迎えられて、アイーシャは疲れたからお茶を飲みたいと頼んだ。

「水占い師なのに、お茶も出してくれなかったのですか？」

元々、アイーシャが王宮を出て、水占い師の屋敷に修業に行くことに反対のメルローは、お茶を出しながら文句をつける。アイーシャは、乳母の小言など赤ん坊の頃から、子守唄がわりに聞かされていたので、素知らぬ顔でお茶を飲む。

可愛い顔をしてお茶を飲んでいるが、頭の中では悪巧みの最中だ。

（お父様に話す前に、シラス王国の王子の年齢を調べておかなきゃ。王様が長く王位に就いていて、王子と言っても年寄りだったら困るもの……。それに、確かシラス王国は一夫一婦制よねぇ。ということは、王子が既婚者だとこの計画は無理ね）

政略結婚など匂わせた結果、王子が既婚者でシラス王国行きがボツになった挙げ句、地方の豪族の息子に嫁がせられたら悲惨だ。事前に情報を集めなければと考え、メルローに探りを入れてみる。

「ねぇ、メルロー？　誰か外国に詳しい文官を知らない？　少し質問したいことがあるの」

アイーシャを育ててきたメルローは、可愛い無邪気そうな顔には騙されない。

「今度は何を考えていらっしゃるのですか？　もう、水占い師の修業に飽きたのですね！　それはよろしゅうございました。王女様は王宮を軽々しく出たりするものではございませんからねぇ」

どうやらメルローはアイーシャの相談に取り合うつもりはないようだ。メルローが文官を呼んで来ないなら、こちらから押し掛けるだけだ。

「何だか疲れたから、お昼寝をするわ」

文官が働いている王宮の表側に、乳母が簡単に行かせてはくれないのはわかり切っているので、まずは追い払わないといけない。そのためにお昼寝をする振りをしてベッドに入ったアイーシャだったが、乳母は怪しんで、横の椅子に座り込んだ。

（小さな頃からお昼寝がお嫌いで、王宮の庭を走り回っておられたのに、自分からするなんて、変に思われるとはお考えにならないのかしら？　賢いのに、世間知らずなアイーシャ様らしいわ）

乳母はゆっくり扇で風を送る。普段はお昼寝なんかしないアイーシャだが、今日は街をうろうろ歩き回り疲れていたので、ついうとうとしてしまった。

「はっ！　寝ている場合じゃないわ！」

アイーシャが目を覚ますと、運のいいことにメルローが居眠りをしていた。

彼女を起こさないように、忍び足で静かに寝室を脱け出した。王宮の後宮で暮らすアイーシャだが、表側への裏道はいくつも知っている。

「うるさい爺に見つからないようにしないと……」

アイーシャの母親は、ルルド王の第二夫人だ。

ルルド王には、若い頃に娶った第一夫人がいたが、王子に恵まれず、宰相の娘を第二夫人に迎えた。アイーシャがうるさい爺と呼んだのは、バルト王国の宰相ザナーン、つまり母方の祖父のことだ。

王宮に仕える人々は、アイーシャ姫がまた後宮を脱け出したと苦笑したが、咎めずに見ない振りをしていた。ルルド王は末っ子のアイーシャ姫に甘いし、祖父の宰相ザナーンが目の中に入れても痛くないほど可愛がっているのは周知の事実だったからだ。

「外国に詳しい文官なら、外務の方よね……外務大臣って、腹の出たおじ様だったと思うけど、名前は……」

一応は隠れたつもりで、柱の陰から陰へと走りながら、外務大臣の部屋へ近づいていたが、途中でザナーン宰相に見つかってしまった。

「アイーシャ姫！　表に来てはいけないと、何度も言ったのに」

うるさい爺に見つかったと、アイーシャは内心で舌打ちしたが、にっこりと可愛らしく微笑む。

「ごめんなさいね、お祖父様に会いたくて、表に来てしまったの」

そんな訳は無いだろうとザナーン宰相は苦笑したが、可愛らしく腕を絡めてくる孫娘には弱かった。

アイーシャは見つかってしまったのならと方針を変えて、外国の王族にも詳しそうな宰相の祖父から情報を聞き出すことにした。

ザナーン宰相は、自分の執務室でアイーシャと話をした。

アイーシャとしては、世間話をしている風を装って、周辺諸国の王族の話を聞き出せたつもりだったのだが、ザナーンには、シラス王国のアンドリュー王子の年齢を聞きたかったのだと目的を見破られていた。

（ふうん、アンドリュー殿下って、十三歳なのね。同じ年の王子って、お見合いの口実には好都合なのだけど、爺が本気になったら困るわねぇ……）

ぶつぶつ言いながら、アイーシャは後宮へ帰った。

後に残ったザナーン宰相は、何故アイーシャがシラス王国のことなどを聞き出しに来たのか推察していた。大方、水占い師に付いて修業していたが飽きてしまい、シラス王国の魔法学校へでも行きたいと考えたのだろうと見当をつけ、苦笑した。

（しかし、シラス王国との縁談は良いかもしれない。カザフ王国とサリン王国が、婚姻によって同盟関係になったのは、我が国にとって脅威だ。ただ、アイーシャ姫は、政略結婚など素直に受け入れたりはしないだろう）

孫娘には甘いザナーン宰相だが、そんなことを言ってはいられない情勢だ。

武力では他国を圧倒しているバルト王国だが、カザフ王国とサリン王国に挟み撃ちされたら、元々纏まりが悪いだけに、本当に滅亡させられるかもしれない。

「アイーシャ姫に政略結婚を押し付けたら、それこそ逃げ出しかねない。姫には、私の母から魔力が授けられている。魔力持ちのアイーシャ姫に逃げ出されたら、捕まえるのは困難だろうが、自らシラス王国に行くなら……」

ザナーン宰相は腹を決め、ルルド王に忠告をしに出向いた。

（始めから諸手を挙げて賛成したら、アイーシャ姫も訝しく思われるに違いない。ルルド王には、まずは反対してもらい、アイーシャ姫に必死に説得されて渋々許可する、といった態度をとってもらわなくては……）

アイーシャは、乳母から後宮を脱け出したことについて小言をもらいながら、何故か背筋がゾクゾクとした。

十一　何だか嫌な予感がする

師匠が昼寝をして酔いを醒ましている間、フィンは旅の間に溜まった洗濯物などを、ソッと荷物から出して、宿屋の女中に洗ってもらうことにした。

「ねぇ、洗い場を見てもいい？　こんな岩窟都市は初めてなんだ」

宿屋の女中は、山盛りの服を持っているフィンに、付いておいでと顎で示す。

「あんたは、カルバラに来るのは初めてかい？　お師匠さんは、何回か来たことがあるみたいだけどね」

女中はフィンと話しながら、宿屋の台所の扉を開け、薄暗い階段を下りていく。

「へぇ、ひんやりしているねぇ〜。どこまでこの階段は続いているの？」

所々、明かりが整備されているので、階段を踏み外すほどではない。

「飲み水は筒から流れてくるのを使うけど、洗濯は下の洗い場でするんだよ。あんたが育った街では違うのかい？」

フィンは首を傾げて、改めて考える。

「俺が育ったのは凄く田舎だから、家の前の井戸で水を汲んで生活していたよ」

女中は、井戸ねぇと肩を竦める。

「私はカルバラで生まれ育ったから、井戸から水を汲むだなんて面倒に思えるけど、まぁ、その土地に合わせて生活するしかないね」

カルバラの岩窟都市が普通じゃないんだ、とフィンは思ったが、コメントは避けた。

洗濯場はフィンが思ったより整備されていて、エリアごとに、洗ったり濯(すす)いだりできるようになっている。

「じゃあ、洗っておいてね！　先に帰っておくよ」

後のことは女中に頼み、ルーベンスが起きる前に部屋に戻ろうと、フィンは階段を上ったが、元来た扉に辿り着けない。どうも今日は迷子になる日のようだ。

「あれれ、ずっと分かれ道のない階段だったはずなのに……」

二股(ふたまた)に分かれている上り階段を眺めて、フィンは溜め息をつく。

「上からは下の洗い場まで一本道に見えたけど、実際は何軒もの店や住宅の裏扉に繋がっているんだ」

到着早々カルバラの街で迷った経験から、人に尋ねる方が良いと学習していたが、生憎(あいにく)と午後から洗濯する人は少ないみたいで、人が見当たらない。

「下の洗い場には戻れるから、おばさんに道を尋ねよう」

フィンは半分以上登った岩の階段を、洗い場まで下りていった。

しかし、今度は洗い場から女中の姿が消えていた。

「あれ？　誰もいないよ～、困ったなぁ。こうなったら、こっそり魔法で師匠の居場所を調べるしかないかも……」

女中は洗濯物を干しに、ちょっと外へ出ていただけだったのだが、フィンは入れ違いに宿屋に戻ったのだと勘違いした。

カルバラまでの道中で、こっそりと探索する方法も習得した。フィンは呼吸を整えると、静かに探索の網を拡げる。

「あっ、師匠だ！」

師匠とは絆を感じるので、こっそりとした探索でもすぐに見つかった。

そのまま水を辿っていくと、見慣れないものに行き当たった。

「この水の流れは……もしかして、カルバラの岩窟都市には水の魔法陣が掛けてあるの？」

シラス王国では魔法陣を見たことがなかったので、興味深く眺める。

「知っている魔法の掛け方とは違うけど、水の流れは見えるよ。この水は、どこから流れているんだろう？」

すでに師匠の探索は終えていたが、ついつい見慣れぬ魔法陣に興味を引かれ、水の源泉まで遡ってしまう。

「へぇ！　奥にそびえるテムジン山脈から、首都カルバラまで水を引いているんだ。前の川からだと、上の王宮まであげるのは魔法陣を使っても無理なのかな？　カルバラより高い場所から引いた方が良い理由はなんだろう？」

昼間に飲んだ筒にも、そして岩山の山頂にある王宮にも、この魔法陣で水を押し上げているのかと、夢中になって調べる。

「おや、あんた！　道に迷ったのかい？」

洗濯物を干した女中が戻って来たので、フィンは我に返った。

（しまった！　潜入先なのに、そこの魔法陣を調べている場合じゃないよ）

おばさんの後を付いて階段を上りながら、フィンは我を忘れて水魔法陣の働きを調べてしまったことを反省する。

「誰かに気づかれたかな？　もっと知りたいけど、これ以上は魔法を使うのはヤバそうだ。……師匠にカルバラの水魔法陣について聞いてみよう！」

「おや？」

ぞくぞくっと背中に悪寒を感じた水占い師ラザルは、自分が受け継いだカルバラの水魔法陣をチェックしたが、一足先にフィンが探索をやめていたので何も異変は感じとれなかった。

「何か嫌な予感がする……アイーシャ姫の水占い師の修業は絶対にお断りしよう！」

今の悪寒は、きっと我が儘姫と関わるなとの啓示だと考え、決意を新たにするのだった。

十二　水の魔法陣

フィンが部屋に戻ると、ルーベンスが起きていた。

「お前、何かしたのか?」

酔って眠っていたが、弟子の行動には敏感だ。

「ええっと、宿屋の小母さんに服を洗濯してもらったんだ。カルバラは外の道だけじゃなくて、内部にも空間があるんだね。下の洗濯場まで行って……師匠を探索しようとしたら、魔法陣を見つけたんだ!」

今日、二回も道に迷ったとは言いたくなかったのでそこを伏せたら、ぐだぐだな説明になってしまった。

「フィン!　潜入先なのに、魔法陣にちょっかいを出したのか?」

自身の怒鳴り声に眉を顰めた師匠に、フィンは素早く頭痛を取り去る技を掛ける。

「すみません、ちょっと珍しかったから……」

頭痛がスッキリと消え去ったルーベンスは、追及の矛先を変えた。

「お前、また道に迷ったのだろう？」

魔法陣について質問しようとしていたフィンは、師匠に痛いところを突かれて唇を尖らせる。

「だって、俺が育ったカリン村では、道なんか一本しかなかったもの」

言い訳をするフィンに、森でよく迷子にならなかったなぁとルーベンスは呆れる。

「上級魔法使いの弟子なのに、道に迷ってどうするんだ？　ああ、魔法を使ってはいけないと言ったが、道を覚える時も、集中力が大事なのだ。ほら、今日歩き回った道を思い出して、頭に描いておくのだ。そうすれば、数年後に来ても迷ったりしないはずだ」

フィンは、師匠も三山羊亭がどこなのか忘れていたくせにと言い返したかったが、睨まれたので真面目に道を思い出す。

『そう、その道を頭に記憶させるのだ！』

ルーベンスの指示が頭の中に聞こえてくる。フィンはその指示通りカルバラの地図を脳内に作り上げた。

『まだ白紙の部分が多いけど……あっ！　この水色の図形は魔法陣だ！』

ルーベンスは、フィンの頭の中のカルバラの地図に、魔法陣がはっきりと描きこまれているのに驚いた。

「こんなテムジン山脈の源泉まで探索したのか？　よく水占い師に見つからなかったな」

フィンは先ほど聞こうとした魔法陣についての質問を、改めて師匠にする。

「ねぇ、あの水の魔法陣は、水占い師が掛けているの？　あんなに凄いことができる水占い師が、カルバラにはいるんだね」

「馬鹿者め！　だから、カルバラではむやみに魔法を使ってはいけないと言ったのだ！　幸い、今回は気づかれなかったが、二度と水の魔法陣にちょっかいを出してはいけないぞ。バルト王国から逃げ出すのは、なかなか厄介なのだから……」

フィンはその口ぶりで、師匠も前に水の魔法陣を調べたことがあるのだと察した。

「ねぇ、魔法陣はどうやって掛けたのかな？　シラス王国の海の防衛も魔法陣で何とかできないかな？」

シラス王国は偉大(いだい)な魔法使いアシュレイが掛けた防衛魔法に囲まれているが、唯一海に面した国境だけは守られていない。海の防衛をどうするかが、フィンとルーベンスの喫緊(きっきん)の課題だった。

実はルーベンスも魔法陣を防衛魔法に役立てられないかと、若僧(わかぞう)の頃に思いついて、探索しようとした。しかしその当時の水占い師に見つかってしまい、移動魔法で命からがら逃げ出した過去があった。

「どうやら、今の水占い師は、前の水占い師よりは警戒していないようだな。上手く掛け方を解読(かいどく)できれば、何か役立つかもしれないが……」

フィンがわくわくした目を向けているのを感じたが、ルーベンスは無茶はできないと首を横に振った。

（私の若い頃には、師匠の他にも何人も上級魔法使いがいたのだ。だから無茶もできたが、フィンは危険な目に遭わせたくない！　私が死んだら、上級魔法使いはこやつだけなのだから……）

話はこれでおしまいとばかりに、ルーベンスはフィンに風呂の湯を頼んでくるように言いつけた。

フィンは少しガッカリしながら下の階へ降りていく。

「今回バルト王国に来たのは、カザフ王国とサリン王国に挟み撃ちされる危険を警告し、シラス王国と同盟が可能なのかを調査するためなんだ……。そりゃあ、水の魔法陣なんかにちょっかいを出したら、凄く印象が悪いよねぇ。それにバルト王国の騎馬隊に追いかけられるのも困るよ」

ぶつぶつと自分を納得させながら、フィンは師匠の風呂の用意をしていたが、ふと頭の中に記憶されている魔法陣を解読できないかと思いついた。

風呂の準備を待っていたルーベンスは、あまりに弟子が静かなので気になって目を向けた。見れば、いつもは落ち着かないフィンが、床に座ってぼんやり空中を眺めている。すぐさま異変を感じ取り、ルーベンスは鋭く声を上げた。

「フィン！　何をやっているのだ！」

次の瞬間、壁に魔法陣が現れ、水を噴き始めた。

岩山をくり貫いた宿屋の壁に、フィンは魔法陣で水の通り道を作ってしまったのだ。

「ええっ！　部屋が水びたしになっちゃうよ～」

我に返ったフィンは慌てて、ベッドの下の風呂桶を持ち出して、壁から噴き出す水を受ける。ルーベンスは先に魔法陣を消せ！　と怒鳴った。

「師匠！　どうやったら消せるの？」

ルーベンスも専門外なので魔法陣の消し方など知らないが、まずは自国のやり方が通用するか試すことにする。

「まずは落ち着くのだ！　そう、呼吸で精神を統一しろ。お前が掛けた魔法陣なのだから、お前には消すこともできる。黒板の文字を消すように、壁の魔法陣を消すのだ」

亀の甲より、年の功。ルーベンスは精一杯の優しい口調で、パニックに陥ったフィンを落ち着かせた。フィンは師匠の言葉に素直に従い、消去を試みる。

（消えろ！）

フィンが手で魔法陣をサッと消し去ると、噴き出していた水は止まった。

ルーベンスとフィンはホッと大きな溜め息をついた。

「水占い師が気づいたかもしれん。少し探索する必要があるな……。その水風呂には、お前が入るのだぞ！　私はお湯に浸かりたいからな！」

シラス王国に帰国したら、フィンと水の魔法陣の解読をしなくてはと、ルーベンスは考えたが、今は水占い師が異変に気づいたかを調べなければならない。

フィンは師匠が探索している間、気配を消す練習をさせられた。

(気配を消すのは、苦手だなぁ～！　これなら竪琴の練習の方が楽だよ……)

ルーベンスが知ったら、苦手だから練習しなくてはいけないのだと叱っただろう。

フィンが魔法陣を発動させた時、水占い師のラザルは、緊急にザナーン宰相から王宮に呼び出され、驚くべき話を聞かされていた。そこへフィンが水の魔法陣にちょっかいを出した衝撃が加わり、ラザルは目眩を起こしてソファーに倒れ込んだ。

「おいおい、ラザル。大丈夫か？」

侍従に水を持ってこさせて、宰相はラザルを落ち着かせる。

「申し訳ありません。耳を疑うような話をお聞きして、動揺してしまいました。アイーシャ姫様は、とても政略結婚など承知なさらないでしょう」

面倒事には関わりたくないと、ラザルは首を横に振る。

「そなたに聞きたいのは、アイーシャ姫がシラス王国の魔法学校に入学できるか？　それだけだ。それ以上のことを頼むつもりはない」

どうやら自分に説得させる訳では無さそうだと安心したラザルは、少し考えてから口を開いた。

「シラス王国のアシュレイ魔法学校が外国の姫を受け入れるかどうかは判断できませんが、アイーシャ姫様は魔法使いの修業を楽しまれるでしょう」

ラザルは、アシュレイ魔法学校の教師達に同情したが、自分がアイーシャの師匠を辞められるのは歓迎だったので、魔力に不足はないと喜んで保証した。

宿屋のベッドに横たわっていたルーベンスは、ソッと探索の網をほどいた。

「どうやら気づかなかったみたいだ……ぼんやりしているな」

昔、ルーベンスが水の魔法陣を調べていたのに気づいた水占い師が、アイーシャの曾祖母だとは、この時はまだ誰も知らなかった。

ルーベンスとフィンは、これから来る嵐に巻き込まれることも知らず、お湯と水風呂に浸かっていた。

十三　ルルド王とアイーシャ

「アイーシャをシラス王国へ？」

ルルド王は訝しげな視線を、ザナーン宰相に向けた。

「そなたがカザフ王国とサリン王国の同盟を案じているのは理解しているが、アイーシャは政略結婚など受け入れないだろう」

アイーシャの祖父に当たるザナーン宰相なら、あの娘の性格ぐらい承知しているだろうにと、ルルド王は首を傾げる。

孤立しているシラス王国との同盟は、ルルド王も何度となく考えたが、シラス王国を征服して海への道を確保したいとの欲求がどうしても抑え切れず、うやむやになっていた。

「アイーシャ姫はアシュレイ魔法学校へ留学したいと考えておられます」

ルルド王はピンときて、苦笑する。

「なるほど。そちは私に、まずは反対するように言いに来たのだな」

王と宰相はアイーシャを愛しているが、バルト王国の存亡の危機の前には、そんなことにこだわってはいられない。

「ええ、最初から諸手を上げて賛成などしたら、アイーシャ姫は怪しんで、どこかへ逃げ出されてしまうでしょう」

ルルド王は気儘に育ててしまったアイーシャならあり得ると笑う。

「アイーシャがシラス王国へ行ってしまったら、リュミエラが寂しがるだろう」

第二夫人のリュミエラは、アイーシャの母親とは思えないほど控え目な大人しい性格で、王太子を生んだのに偉そうにせず、第一夫人と諍いを起こさない賢婦人だ。

「アイーシャがリュミエラの性格に似ていたら良かったのに……」

二人とも、アイーシャを娶るシラス王国は、大変な目に遭うだろうと同情した。

「リュミエラ妃には王太子様がいます。それに、孤立無援のシラス王国は、アイーシャ姫の我が儘など気にしませんよ。アイーシャ姫には賢いところもありますから、外から我が国を眺めたら、この同盟が必要だと理解されるでしょう」

楽観的なザナーン宰相の意見に、ルルド王は懸念を抱いたが、まずはアイーシャをシラス王国に行かせてみてから考えようと頷いた。

アイーシャは父が後宮に帰って来るのを、入り口で待ち構えていた。

（できたら、秋学期に間に合うようにサリヴァンへ行きたいもの！）

思いついたらすぐ実行に移すアイーシャは、父が第一夫人の部屋に行く前に捕まえようと考えたのだ。

「アイーシャ、すごい出迎えだな！　何か欲しいものでもあるのか？」

後宮への扉を開けた途端に、飛びついてきたアイーシャを抱き締めて、ルルド王は笑った。

「違うわ、お父様！　私はもう人形や子馬を欲しがる子どもじゃないわ。今夜は、ゆっくりとお話ししたいことがあるの……」

王がどの夫人の元に行くのかは、誰も指図できないのだが、末っ子のアイーシャに懇願されては敵わない。彼女の生母・第二夫人のリュミエラの部屋へ向かうことにした。

(ヘレナには後でアイーシャの政略結婚について相談しよう)

ルルド王は若い頃から付き合いのある第一夫人ヘレナには、政治的な相談をすることがあったが、第二夫人のリュミエラとはそういう話をしないように気をつけていた。リュミエラ自身が、王太子の生母として発言力を持つことを遠慮していたからだ。

(リュミエラは賢いから、本当はアイーシャをシラス王国に嫁がせる件も相談をしたいのだが……しかし、リュミエラが遠慮してくれているおかげで丸く収まってきたのも確かだ……)

ルルド王は、この件は決定するまでリュミエラに話すのをやめようと考えながら、アイーシャに引っ張られるように第二夫人の部屋へ向かった。

「ルルド様、今夜はヘレナ様のお部屋に行かれると思っていましたが……アイーシャが我が儘を言ってお連れしたのね」

ルルドは、相変わらず第一夫人のヘレナばかり気づかうリュミエラに、食事の用意を頼む。大人しいがしっかりしているリュミエラは、夫が来ない夜もきちんと部屋を整えており、召使いにてきぱき指示を出して夕食を用意させた。

（王としては、アイーシャがリュミエラに似ていたら良かったと思うが、父としては我が儘なところも可愛くてしかたない。シラス王国で苦労をさせることになる……）

　アイーシャは頼み事があるので、召使いが運んできた料理を小皿に取り分けたり、ヤグー酒をついだりと、サービスに努める。リュミエラは、また何かアイーシャが我が儘を言い出そうとしているのがわかって、頭痛がしそうになった。

「アイーシャ、お前も食べなさい」

　アイーシャは食べるどころの心境ではなかったが、父に言われて少し口に運ぶ。

（お父様がお腹いっぱいになって、少し酔ってご機嫌な時に言い出さなきゃ！　もっとヤグー酒を勧めようかしら？）

　いつもは賑やかなアイーシャが黙って食事をしているだけで、両親も召使い達も「怪し過ぎる！」と目配せする。乳母のメルローは、水占い師の屋敷から帰ってから、様子が変だったことが心配で、衝立の後ろで行ったり来たりしながら聞き耳を立てていた。

「ねぇ、お父様……」

「アイーシャ、食べ終わったのなら、部屋に帰りなさい。ラザル師から今日のことを聞きましたよ。当分は、大人しくしておきなさい」

　食事を終えて、シラス王国に行かせて欲しいと言い出せると思ったのに、母親に話の腰を折られて、アイーシャはぷぅと膨れる。

「ラザル師から何を聞かれたのかは知りませんけど、私はあの方に付いて修業をしても無駄だと思うわ。だって、午後に水の魔法陣が少し揺らいだもの……だから、シラス王国の魔法学校で修業したいの！　ねぇ、お父様いいでしょう？」

（やはり、そうきたか！）

愛娘を騙すようで心が痛むが、王としてザナーンとの打ち合わせ通りに演じなければならない。ルルド王は心を鬼にして芝居を打った。

「何を馬鹿なことを言っているのだ！　女の子が外国へなど行く必要はない。水占い師のラザルを敬うことも出来ないのなら、もう修業に行くのも禁止だ！」

「そんなぁ！　酷いわ、お父様！」

抗議しようとしたアイーシャを、リュミエラが乳母のメルローに部屋に連れて行かせる。

「申し訳ありません、アイーシャを我が儘に育ててしまいました」

リュミエラは自分の教育不足を詫びたが、何か変だと気づいた。ルルドの髭が笑うのを我慢しているように、ぴくぴく動いていたのだ。

十四　何てことを！

「アイーシャ様、王様に向かって何てことを仰るのです」

乳母のメルローに部屋で説教をされたが、アイーシャは全く聞いていなかった。

（お母様は味方にはならないわ……となると、ヘレナ様に口添えを頼むしかないわね！）

父がいない間に、第一夫人のヘレナの部屋に行きたいとアイーシャは考えたが、乳母のメルローは昼寝の時に逃げられたので、今回は警戒している。

「夜は目蓋が重くなるので、若い侍女に見張ってもらいます」

絶対に姫様から目を離してはいけないと、見張りを置いて出て行ったのだ。

（チェッ！　メルローは、夜はすぐに寝るから、その隙にヘレナ様に頼みに行くつもりだったのに……。この若い侍女なら、脅せばどうにかなるかしら？）

侍女はヘビに睨まれたカエルの気分になったが、メルローは後宮の古参なので、アイーシャを見逃したりしたら後が怖い。そう考えてより一層気を引き締めるのだった。

王宮でアイーシャが侍女を睨みつけていた頃、三山羊亭ではルーベンスとフィンが吟遊詩人として営業中だった。

ルーベンスの演奏と唄に、酒場で飲んでいた人達は大いに喜び、ヤグー酒を奢るのだ。

「爺さん、あんたは良い声をしているなぁ！　明日の晩は同僚を誘って来るよ」

そう言いながら、ヤグー酒をルーベンスの杯に注ぐ客が後を絶たないので、フィンは飲み過ぎないか心配そうに眺めている。

潜伏先だとわかっているのかな？　などとフィンは内心でぼやいていたが、ルーベンスは飲む手を一向に止めない。

それもそのはずで、ルーベンスが三山羊亭に泊まったのは、ヤグー酒が美味しいからだ。

（ここのヤグー酒は値段のわりに美味しい！　だから、王宮に勤める下級役人や武官が酒場で一杯飲んで家に帰るのだ。どうにか接触してバルト王国の危機を伝えたいのだが……）

どう見ても、今夜の客の中には、シラス王国との同盟を橋渡ししてくれそうな人物はいそうにない。

（このバルト王国の危機を活かして、同盟を結ぶ特使を派遣したいのだが……その前に、ルルド王や宰相の考えを探っておきたい）

ルーベンスはバルト王国の官僚の中には、今の危うい情勢を憂えている者もいるだろうと考えていた。その連中に、シラス王国との同盟は有意義だと考えさせたいのだが、どうも今夜の客は陽気な酔っぱらいだけだと溜め息をつく。

「師匠、疲れたのでは？　そろそろやめませんか？」

フィンはヤグー酒の飲み過ぎを心配するが、ルーベンスはもっと客を多く集めたいと考えていたので従う気はなかった。

「何てことを言うのだ！　夜はこれからではないか！」

そうだそうだ！　と酔っぱらった男達からも、どんどん曲のリクエストがかかる。

フィンは、道に迷ったり、水の魔法陣にちょっかいを出したりして疲れていたが、酔ってお昼寝をしたルーベンスは絶好調だ。

「師匠って……何歳なんだろう……確か……前に……」

百歳を超えてからは、数えるのをやめたと言っていたことを思い出したあたりから、フィンはうつらうつらと舟をこぎ出した。

宿屋の岩壁にもたれて、フィンは夢を見た。

『ウィニー！　元気かい？』

夢の中でウィニーと会えて、フィンは早速乗ろうとするのだが、そこに邪魔が入る。

「キャア〜！　何で竜がこんなところにいるの？　お願い、私を食べないで！」

アイーシャがウィニーに怯えるだなんて、馬鹿らしいと夢の中でフィンは自分を笑った。

「そもそも何で、アイーシャがシラス王国にいるんだよ！」

自分の寝言で目覚めたフィンは、ゾクゾクッと背中に悪寒を感じた。

「フィン、お前はもう寝なさい」

師匠に言われて、フィンは部屋へと上がる。下の酒場からは、何やら少し卑猥な戯れ唄が聞こえてくる。フィンが寝たのでルーベンスが解禁したのだろう。

(師匠はいつまでも子ども扱いなんだから……)

そう思いながらも、フィンはベッドに入るなり眠ってしまった。

十五　カルバラの騒動記・前

「今日、仕事が終わったら、三山羊亭に寄っていかないか?」

王宮の廊下をせかせかと歩いていたザナーン宰相は、下級の官吏が同僚を誘っている、ごく普通の会話にふと足を止めた。

(三山羊亭……どこかで聞いたことがある……)

自分が気になったことは、どんな些細なことでも解決させないと落ち着かない。

「おい、お前達!　三山羊亭で何があるのだ?」

雑談していた官吏達は、王太子の外戚でもある宰相に声を掛けられて、ピシッと背筋を伸ばす。

「申し訳ありません、仕事が終わったら飲みに行こうと誘っていたのです」

ザナーンは、その程度の無駄話を咎めている訳では無いと手で制する。

「仕事帰りに飲みに行こうが、その誘いを仕事中にしようが、興味はない。私が知りたいのは、三山羊亭で、何か変わったことでも起こったのか？　ということだ」

変な質問だと下級の官吏は思ったが、旅の吟遊詩人が来ていると報告する。

「旅の吟遊詩人！　それはどのような背格好の吟遊詩人なのだ？」

血相を変えたザナーン宰相に問い詰められて、おたおたしながら背の高い白髪の老人と、子どもの弟子の二人だと説明する。

「その吟遊詩人は知らない曲がないと評判ですし、なかなか演奏も上手いのです。三山羊亭は、美味いヤグー酒を安く出しますし、このところ客が大入り満員です」

行って良いと手で追い払い、ザナーンは王宮の回廊をせかせか歩きながら考える。

（今朝リュミエラは、アイーシャ姫がラザルに付いて修業しても意味がないと侮辱したのを、不遜だと怒っていたが……もしアイーシャが言っていたことが本当だとしたらどうだ？　昨日、ラザルが目眩で倒れた時に、水の魔法陣に誰かが干渉したのではないだろうか？　私の母は水占い師だった……確か、若い頃に水の魔法陣にちょっかいを出した魔法使いを逃してしまったと悔しがっていた……そうだ！　吟遊詩人に扮していたと言っていた！　そして、三山羊亭！）

ザナーンは、幼い時に母親から聞いた、魔法使いを捕まえ損ねた話に出てきた宿の名前だと思い出した。

十数年も前に亡くなった母親が若い頃に出会った吟遊詩人が、まだ生きているとは常識では考えられない。だが、魔法使いは長生きだとも聞く。実際に、優れた水占い師だったザナーンの母親は、九十歳まで元気に生きていた。

「ねぇ！　何をぶつぶつ言っているの？」

考え事をしていたザナーンの前に、アイーシャが現れた。

後宮では乳母のメルローや母親が目を光らせているので、第一夫人のヘレナにシラス王国への留学を頼みに行けなかったアイーシャは、こうなったらうるさい爺にすがろうと、表にやって来たのだ。

「アイーシャ姫、部屋で謹慎中だとリュミエラは言っておりましたが……それに、年頃の姫が表をうろついてはいけません。勝手なことをしていると、父王に叱られますよ」

やっぱり、うるさい爺だ！　と、アイーシャは内心で毒づく。

「そんなことより、お祖父様は何で三山羊亭が気になるの？　私もお母様から聞いたことがあるのよ。水占い師だった曾お祖母様が、三山羊亭で何か騒動があったと仰ったんですって。だから丁度その場所を地図で調べていたの」

やけに三山羊亭にこだわるアイーシャに、ザナーンは地図で調べただけではあるまいと、鎌をかける。

「私は三山羊亭について、何も知らないのですが、アイーシャ姫は何かご存知ですか？」

アイーシャはうっかり、うるさい爺の罠にかかった。

「昨日、迷子になった吟遊詩人の弟子を案内して行ったけど、ごく普通の宿屋だわ……あっ」

しまった！　と口を押さえたが、発した言葉は戻せない。

（二度と王宮の外には出してもらえなくなるわ！）

しょんぼりするアイーシャを、ザナーンは自分の執務室に連れていき、色々と質問をした。

「なるほど、彼らはアイーシャ姫を水占い師の弟子だと思っているのですね……。それにしても、見ず知らずの吟遊詩人なんかに、シラス王国に連れて行ってと頼まれるとは、考えが浅過ぎます」

どこかに売られていたかもと脅されたが、王宮育ちのアイーシャにはいまいちピンとこない。

「山羊と引き替えに、年老いた男の元に嫁がされたかもしれなかったのですよ」

やっとザナーンが心配した理由がわかり、アイーシャは身震いした。

「ごめんなさい。でも、フィンはそんなことをしそうな男の子ではなかったわ！　おじいさんの方は、よくわからないけど……。家の人の許可もない女の子を国外に連れては行けないと断ったぐらいだから、悪い人ではないと思うわ……」

ザナーンは、その年老いた吟遊詩人は母親が取り逃した魔法使いではないかと、官吏達と話した時からの疑念が強くなった。そして、それをそのままにはしておけないと思う。

「何やら唄が上手いと評判のようですなぁ……。アイーシャ姫がお知り合いなら、少し聞きに行ってもよろしいかも」

本来なら王女が街の酒場に行くなどあってはいけないことですが、と付け加えるザナーンに、アイーシャは抱きついた。

「お祖父様、大好き！　お母様に部屋に閉じ込められて、くさくさしていたの」

調子に乗って、上目遣いでシラス王国への留学の口添えを頼んだが、そちらはキッパリ断られてしまった。

あまり夜遅い時間だと酔っぱらった客がいてまずいので、まだ吟遊詩人が唄い始める前ぐらいに三山羊亭に行くことにする。リュミエラには、アイーシャを実家に連れて行くとのみ伝えて許可をとった。

「おやおや、アイーシャ姫に女中の服を着せるのですか？」

ザナーンの妻は夫の唐突な行動に呆れながら、孫娘を質素な服に着替えさせる。

「ブラウスはこのままでいいわ。水占い師の弟子だとバレているもの……それより、お祖父様もその格好では目立つわ！」

ザナーンは普段着に着替えていたが、上等な絹の長衣の袖口や裾には、細かな幾何学模様の刺繍がついていた。これでは正体を教えるようなものだ。

「そうか、では私も召使いの服でも借りようか」

結局、妻にそんなみっともないことはおやめくださいと叱られて、古くなった服に着替えるだけに留めた。そして、いつもはつけないターバンを巻けば、裕福そうなご隠居と、水占い師の孫の二人組の出来上がりだ。


夕刻、ザナーンは家の護衛を数人、宿屋の外に配置させてから、アイーシャに案内してもらって三山羊亭の中に入った。

「まだ唄ってないみたいよ……」

アイーシャは折角なら吟遊詩人が唄っている時間に訪ねたらいいのにと、少し不満顔だ。

「大丈夫ですよ、少し早めでも頼めば唄ってくれますよ」

（もしその吟遊詩人が、母が取り逃した魔法使いだとしたら、またカルバラに舞い戻ったのはなぜだろう？　この情勢下で潜入してきたということは、まさかシラス王国の密偵なのか？）

ザナーンは、相手の出方によっては捕らえるか、それとも利用できるか、アイーシャの祖父と名乗って見定めるつもりだ。

アイーシャはうるさい爺が何故こんなことをするのか、少し疑問を持ったが、初めて歩く夕方のカルバラの街に気を取られて、深くは考えなかった。

十六　カルバラの騒動記・後

「あっ、まだ唄ってはないけど、あそこにいるわ！」

アイーシャは酒場の隅(すみ)にあるカウンターで早めの夕食を食べているフィンと、ヤグー酒を飲んでいるルーベンスを見つけて、祖父に教える。

「フィン！　演奏を聞きにきたわよ」

山羊の香草(こうそう)焼きを平たいパンに挟んで食べていたフィンは、突然のアイーシャの登場にむせた。

「ゴホン！　ちょっと待って……」

慌ててバター茶を飲むフィンは、どうみても普通の男の子にしか見えないと、少し後ろで観察していたザナーンは首を傾げる。

「急に声を掛けられたから、むせちゃったよ。まさか、アイーシャ！　まだシラス王国に連れて行ってとか言うんじゃないだろうね？　本当に困るから」

「貴方に連れて行ってもらうのは諦めたわ、根性（こんじょう）なしですもの。それより、演奏はしないの？　あまり夜遅くまではいられないのよ」

アイーシャが一人で来た訳では無さそうだと、ルーベンスは後ろを振り向いた。

そこには裕福そうな老人がいたが、ルーベンスは周りを圧する気から只者（ただもの）ではないと感じる。

それに宿の外には警護の男が配置されている。自分の迂闊（うかつ）さに腹を立てながら、老人の正体を推測する。

（さては身分を隠して唄を聞きに来たのか？　あれは支配するのに慣れている立場の人物だ。まさか、ザナーン宰相では？　……ということは、アイーシャは王女か？）

若い頃は無茶をして外国にも吟遊詩人の格好で旅をしたが、この数十年は自分の弟子になる才能のある子どもを探すために国内を巡ってばかりだった。バルト王国の王族の人相（にんそう）も把握できていなかったことに気づき、自分の情報の乏（とぼ）しさにルーベンスは舌打ちする。

アイーシャが祖父を紹介している間、ルーベンスとザナーンはお互いに、自分にとって有利な展開にならないか、考えを巡らせていた。

「このヤグー酒は美味しいですよ、一杯如何（いかが）ですか？」

師匠と老人がヤグー酒を飲み出したので、フィンもアイーシャにバター茶を勧める。アイーシャはバター茶を飲みながら、お祖父様の話が長引きそうだと溜め息をついた。

（客が多くなったらお祖父様に気がつく人も出てくるわ……。このままだと、折角、吟遊詩人の唄を聞きに来たのに、何も聞かないで帰る羽目になるわ）

しかし、ザナーンの発案で連れて来てもらったので急かすこともできない。仕方ないので、アイーシャはフィンに話しかける。

「ねぇ、フィンはシラス王国にも行ったことがあるのでしょ？　魔法学校を見たことはあるの？　生徒はどんな感じなの？」

フィンは見たことがあるどころか、そこの生徒なんだけどと思いつつ、他人事のように話す。

「シラス王国の首都に魔法学校があるのは有名だから知っているよ……。初等科の生徒は白いチュニックを着ているんだ」

白いチュニックと聞いて、アイーシャは顔をしかめた。

「何だか赤ちゃんのよだれ掛けみたいね……。私は魔法学校に留学してみたいの。お父様には駄目だと叱られたけど、諦めないわ！」

アイーシャが弱気なところを見せたので、かなり厳しく叱られたのだろうとフィンは少し同情した。ユンナのことで、女の子は親のいいなりに結婚するというバルト王国の制度に反発を感じてもいたのだ。

「水占い師の修業だけでは満足できないの？」

アイーシャは深い溜め息をついた。

「まだ水占い師の修業を半分も出来てないのは承知しているの。でも、この国にいたら、水占い師の修業半ばで結婚させられちゃうわ……その修業もあまりいい顔をされてないし……」

水占い師はバルト王国にとって貴重な存在なので、王女のアイーシャも修業を許されてはいたが、政治的に有益だと判断されたら、いつどんな男のところへ嫁がされるかわからないと感じていた。

「それに、水以外の魔法も習ってみたいの……海も見てみたいわ！　親の決めた相手と結婚したら、二度と屋敷から出られなくなるでしょう……。その前に、やりたいことをやりつくしておきたいの」

フィンは結婚のために退学した同級生のマリアンを思い出して、シラス王国でも身分の高い女の子は同じなのかなと考える。

（あの我が儘なマリアンでさえ、結婚相手には凄く気を使っていたよなぁ。嫌な相手じゃなさそうだったのは良かったけど……）

アイーシャは何となくフィンが自分に同情しているのを感じて、プライドがチクッと刺激された。

「そうだわ、ここに来たのは演奏を聞くためなのよ！　弟子でも何か弾けるのでしょ」

高飛車（たかびしゃ）な言い方にカチンときたが、確かにそろそろ演奏を始めてもいい時間だし、師匠にこれ以上ヤグー酒を飲ませたくなかったのでフィンは頷いた。

「師匠、そろそろ演奏を始めましょう」

声を掛けたが、ザナーンと腹の探り合いの最中のルーベンスは、演奏どころではない。

「私はもう少しヤグー酒を飲んでいるから、お前一人で演奏を始めなさい！」

フィンはチェッと文句を言いながら楽器を持つと、いつも営業をしている酒場の隅に向かった。

「ねぇ、アイーシャ！　何かリクエストはない？　と言っても有名な曲しか弾けないけど」

アイーシャは王宮の楽士（がくし）が弾く曲を何曲かリクエストしたが、フィンは首を横に振った。

「貴方、もっと修業しなきゃ駄目じゃない！　ならフィンが知っている曲でいいわ」

フィンがどうにか演奏を始めたので、ルーベンスはやれやれと目の前のザナーン宰相と話を再開する。

（アイーシャがリクエストしたのは王宮楽曲ばかりだ……ということは、この男はザナーン宰相に間違いない）

ザナーンも、アイーシャのリクエスト曲で身分がバレてしまっただろうと苦笑する。

「ザナーン宰相がこのような宿屋まで、アイーシャ姫をお連れになるとは、どういった風の吹き回しでしょう」

ヤグー酒をコップにつぎながら、ルーベンスは切り込んだ。

「私の母は、昔は水占い師をしておりました……。吟遊詩人の振りをした魔法使いを取り逃したと悔しがっていましたのを、数十年ぶりに思い出したのですよ」

ルーベンスは捕らえるつもりかと一瞬警戒したが、ザナーンはゆったりとヤグー酒を飲み干した。

「今夜はゆっくり話し合う時間はありませんなぁ。明日にでも使いを寄越します。その時に色々と話し合いましょう」

そろそろ客も増えてきたので、アイーシャ姫を屋敷に連れて帰らないといけない。すでに王宮勤めの客達がチラチラとアイーシャ達に視線を送っている。ルーベンスが同意の目配せを返すと、ザナーンはアイーシャ姫と自分に気づいた連中が騒ぎ出す前に帰って行った。

「ねえ、もしかしてアイーシャは……」

フィンも客達が小声で話しているのに気づいていた。

「そんなことより、もう少し練習が必要だな！」

フィンの言葉を遮り、ルーベンスは楽器を手に持った。お偉いさんが帰って、やっと吟遊詩人が演奏を始めたので、三山羊亭は連日の賑やかさを取り戻していった。

十七 アイーシャ姫!

フィンは師匠の横顔を眺めながら、竪琴で伴奏をしていたが、内心ではアイーシャのことを尋ねたくて仕方なかった。

(アイーシャが本当に王女なら、シラス王国に行きたいだなんて無理じゃないのかな?王女が国を出るにはそれこそ政略結婚でもしないと……)

アイーシャと年齢が近いシラス王国の王族と言えばアンドリューだ。フィンは二人が結婚する様子を想像したが、上手くいきそうには思えなかった。

ルーベンスも、政治的にはお互いに旨味のある話だが、当人達にとって良い縁談なのかは疑問だと懸念していた。

(我が儘同士が結婚したら、両国の関係が良くなるどころか、悪化しかねないぞ……。それはザナーン宰相とてわかっているだろうが……)

この前のミランダ姫といい、今回のアイーシャ姫といい、どうもお淑やかとは思えない姫に出会う縁を引き寄せる弟子に、ルーベンスは身勝手だと承知しながらも八つ当たりしたくなった。

「私は少し休憩するから、お前一人で演奏を続けなさい」

そう言って客とヤグー酒を飲み出した師匠を、恨みがましく見ながらフィンは演奏を続けた。

屋敷に帰ったザナーンは、孫を愛する祖父としては、外国になぞ嫁がせたくはなかったが、宰相として、バルト王国の存続の危機を回避しなくてはいけないと非情な結論を下していた。

（まだアイーシャ姫は政略結婚など考えてもおられないだろう。妻に知られたら、泣かれてしまうな……）

老妻と楽しそうに吟遊詩人の話をするアイーシャを眺め、ザナーンは深い溜め息をついた。

次の朝、アイーシャは輿に乗って王宮へと帰ったが、ザナーンは屋敷に留まり、シラス王国の密偵と会うことにしていた。

「あの吟遊詩人の目的は同盟を結ぶ可能性を探るための偵察だろう。カザフ王国とサリン王国に挟み撃ちされるのは避けたいが、血気盛んな軍部の一部はシラス王国の征服に未練を感じているから難しいな」

そういうザナーンも、若い頃は地図を眺めて、シラス王国の領土を手にすれば海に出られるのだと夢を見たものだった。

ザナーンが屋敷でシラス王国の密偵との話し合いについて唸っていた頃、アイーシャはやっと第一夫人の部屋を訪ねることに成功していた。

「ヘレナ様、お願いだからシラス王国に留学する口添えを頼みたいの」

ヘレナは、自分の立場がわかっていないと思しきアイーシャに、溜め息を押し殺す。

「ルルド王は駄目だと仰られたのでしょう？　なら、この話はこれでおしまいですわ」

アイーシャは粘り強く交渉する。

「シラス王国にはアンドリュー殿下がいらっしゃるわ！　同じ年頃だし……」

その縁談はあくまで口実で、本気にされると困るので、アイーシャは言葉を濁す。

意外にも自分の立場を察した上で話を進めるアイーシャに、ヘレナは感心した。実はすでに夫からアイーシャの縁談を聞かされていたのだが、あの性格では無理だと反対していたのだ。

（リュミエラは王太子の生母なのに、第一夫人の私を立ててくれている。今でさえアルド王太子を私に託してくれているのに、娘のアイーシャまで取り上げる訳にはいかないわ）

ヘレナは自国の危機にも気づいてはいたが、後宮を取り仕切る身としては、アイーシャをカルバラの人間に嫁がせてやりたいと考えていた。

「アイーシャ、シラス王国に留学なんて考えるのはおやめなさい。本当に外国に嫁ぐ羽目にはなりたくないでしょう?」

アイーシャにもヘレナの言うことが無難なのは理解できていたが、反論する。

「確かに政略結婚なんて嫌だけど、どうせここにいても同じだわ！　お父様の都合が良い相手に嫁がされるのよ……。それなら、シラス王国に留学して、知らない世界を見てみたいの……」

外の世界を見てまわっている兄のアルド王太子と違い、後宮に押し込められて育ったアイーシャはこれ以上閉塞感を我慢できなかった。ヘレナはアイーシャの固い意思と不満を理解した。

（カルバラの貴族に嫁いだら、アイーシャは屋敷から出ることはないでしょう。ずっと不満を抱いて生きていくよりは、外国で苦労した方がマシなのかも……。お淑やかなリュミエラに似ていれば良かったのに……）

娘と引き離すかわりに、リュミエラには王太子の子ども達の養育を任せる。今後の後宮の方針を決めたヘレナは、ルルド王への口添えを引き受けた。

同じ頃、ルーベンスとザナーンは何度も話し合いをして、ざっくりとした結論に辿り着いた。

「ではお互いに大使を派遣して、同盟を結ぶ話し合いをしましょう」

アイーシャ姫とアンドリュー王子の縁談は、その話し合いの流れに任せることにして、ルーベンスは深く関わりたくないと考えた。

「アイーシャ姫は、名目上は魔法学校に留学させることにします。縁談と同盟については、これから話し合わなくてはいけませんから」

ルーベンスは、ここからは外交官の仕事だと肩を竦める。

十八　さらばカルバラ！

師匠がザナーン宰相とあれこれ話し合っている間、フィンは庭でぼんやりと控えていた。ルーベンスは万が一捕らわれた場合に備えて、フィンだけはシラス王国に魔法で移動させたいと考えて屋敷に連れて来たのだ。

（途中まで飛ばせば、フィンならウィニーを喚び出せるだろう）

素知らぬ顔で香り高いお茶をザナーン宰相と飲みながらも、ルーベンスは心の底では常にフィンの安全を考えていた。

「ところで、私の母親は若い頃に水占い師をしていたのですが、吟遊詩人に扮した魔法使いを取り逃したことを悔しがって、私にも何度も話していました。シラス王国の魔法使いは吟遊詩人の真似をするのが、お得意なのですかね」

貴方がその吟遊詩人に化けていた魔法使いではないのですかと、鎌をかけられたが、ルーベンスの面の皮は厚い。

「さぁ、私は楽器や唄が好きで、こんな気儘な旅をしているだけですから……」

お互いに腹の探り合いをしていたが、ルーベンスはアイーシャがあの水占い師の曾孫に当たるのかと顔には出さずに驚いていた。

「これ、アイーシャ姫！　お客様なのですよ」

老妻の咎める声が聞こえたと思うと、扉が開かれアイーシャが応接室に入って来た。

「これこれ、アイーシャ姫、王宮を脱け出して来られたのですか？」

アイーシャはやっぱり吟遊詩人が来ていたと満足そうに微笑むと、一応はしおらしく謝った。

「ごめんなさい、でもシラス王国に留学できることになったから、フィンに案内してもらおうかと思ったの……」

ルーベンスは、フィンが魔法学校の生徒だとバレたのかと、お茶をむせそうになる。

ザナーンは孫娘の王女を隊商に預けるつもりはないので、はやるアイーシャをたしなめる。

「シラス王国に留学するなら、サリヴァンに屋敷や召使いを用意しなくてはいけません。そんなお顔をしないでください！　秋学期には間に合いますよ」

大使を派遣し合ったり、大使館を開設したりしなければいけないのだが、アイーシャはお客の前でなければ足をじたばたさせかねないほどの苛つき具合だ。

「色々な手続きがあるのは、承知しているつもりよ！　でも、どうせ魔法学校の寮に入るのよ。だから、早く行ってシラス王国をあちこち見てみたいの」

ルーベンスは王女の子守りなど御免だと断ろうとしたが、ザナーンがにっこりと微笑みかけてきた。

「愚かな年寄りの頼みを聞いてくださりませんでしょうか？」

ルーベンスの方が年寄りだと知っているクセに、ザナーンは喰えない芝居をし始める。

「バルト王国内では優秀な騎馬隊を護衛につけますから心配はしておりませんが、シラス王国の事情がわかりません。経験が深い吟遊詩人の貴方なら、アイーシャ姫に相応しい宿を教えてくださるでしょう」

老妻と娘にも泣きつかれて困っているのだと、ザナーンは孫娘の安全を心配する祖父、という部分を前面に出して頼み込む。

「いやぁ、私の同行している隊商はもうすぐ出発ですから……。秋の収穫祭までにはシラス王国に向かわないといけませんので」

そんな言い訳など、ザナーンは笑い飛ばす。

「のろのろとした隊商と一緒でなくても、騎馬隊なら安全ですし、シラス王国まで一週間もかかりません」

同盟を結ぼうとしている相手の頼みを、ルーベンスも無下にはできない。それに気づいたザナーンに、アイーシャのサリヴァンまでの案内役を押しつけられてしまった。

「フィン！　サリヴァンまで一緒よ！」

庭でぼんやりと椅子に座り、師匠とザナーンの話し合いが終わるのを待って、退屈を持て余していたフィンは、突然現れたアイーシャの言葉に慌てて立ち上がった。

「ええっ～！　マジですか？　ということは、魔法学校に留学が決定したのですね」

何を今更とアイーシャは笑ったが、フィンは自分が魔法学校の生徒だと知ったら怒るかなとドギマギする。

「ねぇ、フィンはシラス王国の唄も弾けるのでしょ？　旅の間に聞かせてね」

フィンは唄ぐらい構わないと頷いたが、果たしてアイーシャは政略結婚の可能性があるとわかっているのだろうかと、少し複雑な気持ちだった。

「やっと帰国できますね」

両国の間を早馬が何度も行き来し、大使が派遣されることが確認されるまでフィン達はカルバラに留まっていたが、ついにそれが完了したのだ。

思わぬ長逗留になった三山羊亭だが、毎晩満員御礼だったので、亭主はルーベンスへの餞に美味しいヤグー酒をくれた。

王宮での出立式に列席をとザナーンに請われたが、ルーベンスは勘弁してくださいと固辞した。そしてカルバラの大通りを下りた場所で、見映えのしない馬に乗ってヤグー酒をちびちび飲みながらアイーシャ達を待っていた。

「それにしても遅いなぁ……あぁっ！　師匠、朝っぱらからヤグー酒を飲まないでください！」

フィンはルーベンスがヤグー酒を飲んでいるのを見つけて、ぶつぶつ文句を言う。

「王女を外国に留学させるのだ。あれこれ挨拶しているのだろう。出立はいつになるか、わからないぞ」

そう言っている間に、見事に隊列を整えた騎馬隊が見えてきた。

「ほら、騎馬隊が着きます！　ヤグー酒をしまってください」

口煩い弟子に顔をしかめたが、バルト王国の精鋭部隊をからかうつもりもないので、素直にヤグー酒を荷物の中に押し込んだ。

アイーシャ姫の護衛を命じられた騎馬隊長は、見映えのしない馬がなかなかの名馬だと見抜いて微笑んだが、弟子のロバには片眉を上げた。

「吟遊詩人さん、ここで待っていたのね」

王宮にいないので、アイーシャはどこで合流するのだろうと疑問に思っていたのだ。

「私らみたいな旅の吟遊詩人には、王宮など恐れ多くて……」

そんな挨拶をしている間に、フィンの前に立派な馬が連れて来られた。

「ロバでは旅程をこなせない。この馬に乗ってください」

フィンは大きな溜め息をつくと、馬に乗り換えた。

「お前もちゃんとシラス王国に連れて帰るよ」

ブフィフィ〜ンと鳴くロバの手綱を乗り換えた馬の鞍に結ぶと、出立の合図が掛かる。

「お姫様なのに馬車じゃないんだね」

意外そうなフィンに、見事な白馬に乗ったアイーシャは、バルト王国の民は馬に乗るものよと笑う。

「これ！　アイーシャ姫に馴れ馴れしい口を利くんじゃありません！」

怖そうな乳母も馬に乗っていて、アイーシャとどこの馬の骨とも知れない吟遊詩人の弟子の間に割り込んでくる。

「もう、メルロー！　そんなに口やかましくするなら、カルバラに置いていくわよ」

乳母が赤ちゃんの時からお育てしたのだから、ずっとお側でお世話しますと文句を言っている間に、カルバラの周りにぱらぱら建っている家の間を抜けた。

「まぁ！　カルバラの外に出かけるのは久しぶりだわ」

アイーシャは白馬を止めて、岩窟都市カルバラを振り返ると一礼した。

「お父様、お母様、行ってまいります」

乳母のメルローは、今ならやめられますよと、アイーシャに王宮へ帰ろうと促す。しかし、アイーシャは白馬の腹を軽く蹴ると、先頭の騎馬隊長の横まで進ませた。

「アイーシャ姫様、そのように乱暴な走らせ方は危険ですわ」

ぽっちゃりとした見かけとは違い、乳母のメルローは上手く馬を急がせて、アイーシャの横に行くとお説教を始める。

「さようなら、カルバラ！」

これでやっとシラス王国に帰れる。フィンは道を覚えるくらいに長く留まったカルバラとの別れに、少し感傷的な気持ちになった。

「さっさとサリヴァンに向かうぞ！」

ルーベンスは、この我が儘姫と口煩そうな乳母との旅はさっさと切り上げたいと心から願った。

十九　竜だわ〜！

バルト王国の騎馬隊は、アイーシャのための野営地を設営しながらの旅でもかなりの速度で進んで、たった五日でシラス王国との国境近くにまで到着した。

「バルト王国の騎馬隊の機動力は凄いなぁ」

フィンは秋を感じさせる夕暮れ雲を見上げながら、慣れない強行軍で痛めたお尻を撫でる。

「フィン！　もしかして鞍擦れなの？」

だらしないわねぇと、アイーシャが声を掛けてきた。

「アイーシャ姫、また乳母さんに叱られますよ」

口煩いメルローを思い出して、アイーシャは眉を片方上げたが、けたけたと笑う。

「メルローは疲れていたから、私が治療の技を掛けて眠らせたの。王宮でも、そうできれば良かったのだけど……」

王宮で魔法を使い乳母を眠らせて自由に動きまわっていたら、母やヘレナに見破られて、こっぴどく叱られただろうと肩を竦める。

「こんな解放感は始めてよ！　フィンも姫なんて呼ばなくていいわ！　ねぇ、もうすぐシラス王国なのよねぇ」

少し木が増え、畑や家も見えてきて、見渡す限りの草原地帯から、シラス王国と似た風景になってきていた。フィンには懐かしい風景だが、アイーシャは物珍しそうに眺める。

「多分、明日には国境を越えると思うよ」

「国境から首都のサリヴァンまでは何日ぐらいなの？　サリヴァンには海があると聞いたわ」

フィンは、シラス王国では草原と違って街道に馬車や馬も往来しているので、今までみたいな強行軍は無理だろうと説明する。

「普通の馬車だと一週間はかかるけど……宿屋に泊まったりしなくちゃいけないし」

バルト王国のお姫さま一行が宿泊するのに相応しい宿屋を探しながらだと、なかなか旅程は進まないのではとフィンは心配する。

「そんなにのろのろしていたら、新学期に間に合わないわ！」

フィンは意外と真面目だなぁと、アイーシャを見直した。

「俺なんかいつも学期がとうに始まってから、学校に到着していたのに……しまった！」

慌てて口を手で押さえたが、アイーシャに聞き咎められる。

「フィン、もしかして貴方は魔法学校の生徒なの？　あの吟遊詩人がシラス王国の密偵だとは思っていたけど、フィンが魔法使いだとは知らなかったわ！」

自分の失言に舌打ちしたくなったが、どうせサリヴァンに到着すればバレるのだと開き直った。

「まぁね、でもシラス王国でも吟遊詩人の弟子で通したいから、あまり大袈裟（おおげさ）にしないで欲しいんだ。俺の師匠は少し変わっていて、吟遊詩人として旅をするのが好きだから」

密偵として吟遊詩人の真似をしているのではなく、本心から楽しんでいるのだと聞かされて、変わっているとアイーシャは呆れる。

「魔法学校の先生って変人ばかりなの？」

「まさかぁ！　変人はうちの師匠だけだよ」

魔法学校の名誉のために、フィンは全力で否定したが、その変人こそがシラス王国の守護魔法使いだと説明するのは控えた。

翌朝は、早めにシラス王国の国境を越えて宿を探さなくてはいけないので、暗いうちからの出立になった。

「アイーシャはあまりカルバラから出たことがないと言っていたけど、疲れないの？」

乗馬に慣れている様子の乳母のメルローや侍女達でさえ流石に疲れを見せているのに、アイーシャは元気そのものだ。

「私はこうして外の世界が見られたのが嬉しくて仕方ないの！　乳母や侍女は私の我が儘に付き合っているだけだから、疲れているのよ」

アイーシャの明るい笑顔を見て、フィンはズキンと胸が痛んだ。

「あのう……アイーシャ。シラス王国とバルト王国は同盟を結ぼうとしているんだよ。今、魔法学校にはアンドリュー殿下が在籍しているから……」

困った顔のフィンを、アイーシャはフンと鼻で笑い飛ばす。

「そんなことぐらい知っているわ」

そう言うと、馬を急かして先頭まで走り去った。

フィンはアイーシャが政略結婚の可能性も知った上で、魔法学校への留学を望んだのだと気づいて驚いた。

（我が儘なアイーシャだけど……ミランダみたいに政略結婚の相手と上手くいけばいいなぁ……アンドリューはチャールズ王子とは違ってお子様だから、喧嘩しなきゃいいけど）

上級魔法使いの弟子としては、バルト王国のアイーシャ姫と自国のアンドリュー王子との縁談は、同盟を結ぶのに有益だと思うが、妹を持つ兄としては、嫌いな相手と結婚させるのは可哀想だと感じる。そんなことを考えながら、騎馬隊の後ろを付いて行くと、遠くに国境壁が見えてきた。

「あちらの門まで先行して、通行の許可を得た方が良いだろう」

バルト王国の騎馬隊を通す許可はサリヴァンから届いているだろうが、無用な足止めは困るとルーベンスは隊長に提案する。

「そうですね、アイーシャ姫の宿を探さなくてはいけませんから」

機動力や戦闘には自信がある隊長だが、防衛壁に囲まれたシラス王国での旅程はルーベンス任せだ。部下にルルド王からの通行許可願いを持たせて、門まで走らせる。

「わぁ〜！　何なの？　あの防衛壁は！」

アイーシャが馬を止めて、空を見上げて大声を上げた。乳母のメルローは長々と続く壁を憎々しく眺めて教える。

「アイーシャ姫様。あれはシラス王国が他国から攻められないように築いた防衛壁ですよ。農耕民族らしく壁に囲まれて生活しているのです」

あんな狭苦しい所に行くのですか？　とぶつぶつ文句を言っている乳母に、アイーシャは「見えていないのね」と呆れる。

「あんな石で出来た壁のことじゃないわ！　天に届きそうな防衛魔法がシラス王国を護っているのよ！」

ルーベンスとフィンは、アイーシャの魔力がかなり強いと気づいた。

騎馬隊長には防衛魔法は見えなかったが、海への道を阻むシラス王国を攻められない要因を目の前にして、苦々しく告げた。

「あれはアシュレイという悪魔が掛けた防衛魔法です」

カチンときたフィンが文句をつけようとする前に、アイーシャが騎馬隊長を諌める。

「私はこれからアシュレイ魔法学校に留学するのよ！　失礼な発言は控えなさい！」

騎馬隊長は、シラス王国ではアシュレイが神の如く崇められていることを思い出して、失言を詫びた。

フィンは、アシュレイの扱いは国によって違うのだから仕方ないなと肩を竦めて、アイーシャが結構真っ当な感覚を持っていると評価し直した。

「ここをくぐればシラス王国なのね」

門は先行したバルト王国の騎士が渡した通行許可願いによって、既に大きく開かれていた。

（ここの国境はノースフォーク騎士団の管轄だよなぁ）

できたら、素知らぬ顔でサリヴァンまでアイーシャを見送りたいと思っていたフィンの願いは叶わなかった。

『フィン～！』

バサッバサッと羽音が上空から聞こえてきた。

フィンの気配を感じてウィニーが飛んで来たのだ。

「きゃあ～！　竜よ！」

馬達が竜に慄いて棒立ちになろうとするが、すかさずルーベンスが魔法で落ち着かせる。

『ウィニー、会いたかったよ！』

竜に攻撃をかけようとしていた騎馬隊は、抱きついて頬ずりしている吟遊詩人の弟子を見て、驚き呆れた。

「アイーシャ姫様！　こんな恐ろしい国に留学などやめましょう！」

「馬鹿なことを言わないで！」

キッと乳母を睨みつけたアイーシャだが、足はぶるぶる震えていた。

二十　手強い乳母のメルロー！

初めてウィニーを見た時は、悲鳴を上げたアイーシャだったが、フィンに紹介されるとすぐに仲良くなった。

『ねぇ、ウィニーは人を乗せて飛べるの？』

『もちろん！　アイーシャも乗せてあげるよ』

フィンが帰国したので上機嫌なウィニーは、アイーシャを乗せてあげると約束したが、乳母のメルローはとんでもないと反対する。

「ここはシラス王国なのよ！　きっと竜に乗るのは、バルト王国で馬に乗るのと同じようなものなのだわ」

バルト王国の騎馬隊は何故か暴れ出さない自分達の馬を不思議がりながら、それは違うだろうと心の中で突っ込んだ。

「何を仰います！　ほら、シラス王国の民も竜を恐れているではないですか！」

サリヴァンではウィニーを見慣れている人々も多いし、ノースフォーク騎士団の駐屯地リンドンでも毎日飛ぶ姿を見て、前に比べれば怖がられなくなっていたが、近くで見るとなると、やはり心配そうに遠巻きにする人の方が多い。

「まぁ、ウィニーはこんなに賢いのに、何を言うの！　ウィニーが気分を害するわ！」

乳母にぷんぷん文句を言うアイーシャは、もうすっかりウィニーと仲良しだ。

「バルト王国のアイーシャ姫様御一行ですね」

ウィニーの騒動が収まるまで傍らで見ていたサリヴァンからの使者が、恭しくアイーシャや騎馬隊長に挨拶をする。

「おい、ここら辺で逃げ出そう」

その裏で、ルーベンスがフィンに耳打ちした。

ザナーンからアイーシャ姫の案内を頼まれたが、使者は数人の護衛の騎士を連れて来ているし、バルト王国の騎馬隊も一緒なのだから、自分達の仕事は終わったとルーベンスは逃げる算段をしていた。

「ウィニーと飛んで行ってもいいけど、ロバや師匠の馬はどうするの？」

社交的な挨拶を交わしている使者から、少しずつ後ずさりながら、フィンは馴染みのロバや馬を心配する。

「ふん、奴らには私の馬やロバを売り飛ばす根性なんかないさ！　サリヴァンまで連れて行ってくれるだろう！　今だ！」

使者はルーベンスがウィニーに弟子と一緒に跨がったのを見て、礼儀作法もかなぐり捨てて怒鳴った。

「ルーベンス様、どちらに行かれるのですか！　マキシム国王陛下は、アイーシャ姫様と共にサリヴァンへお帰りくださいと仰っています」

騎馬隊長達が、あの吟遊詩人がシラス王国の守護魔法使いだったのかと驚いている間に、使者の言葉を無視してウィニーは空高く舞い上がる。

「まぁ！　素敵ねぇ！」

アイーシャ一人だけが、ウィニーの飛行に感嘆の声を上げたが、乳母のメルローは恐ろしいと身震いした。

「アイーシャ姫様、あのようなものに乗ってはいけませんよ」

口煩い乳母の言葉を無視して、空に消えていくウィニーを見送ると、アイーシャは使者との挨拶を済ませて、さっさとサリヴァンへ向かおうと気持ちを切り替える。

「さようですな、今夜は私の親戚でもあるキエール伯爵の屋敷で宿泊する予定にしております。長旅の疲れを癒やしてください」

（贅沢な貴族の屋敷なんかで疲れを癒やさなくてもいいわ！　それより、さっさとサリヴァンへ行って、海を見たり、街を歩いたりしてみたいわ。ウィニーに乗れば、どこにでもひとっ飛びよね！　その前に口煩いメルローをどうにかしないと……）

使者と乳母に、王女には馬車が相応しいと押し込まれたアイーシャは、この手強いメルローをどうにかしないと留学の意味がないと溜め息を押し殺した。

「私はシラス王国のことを何も知らないのですが、教えて頂けるかしら？」

こうなったら色々な情報を仕入れておこうと、アイーシャは馬車に乗り込んだ使者を質問攻めにする。

「魔法学校の生徒は寮に入らないといけないのですか？　アイーシャ姫様はバルト王国の王女なのですよ！」

寮での生活は規則が多いと聞いて、アイーシャも少し尻込みしたが、使者が王族も貴族も平民も同じ扱いなのですと続けると、逆に自由で楽しいかもしれないと考え直した。

「それに、アンドリュー殿下も寮で生活されています」

使者は両国の同盟のためにと、話のあちこちでアンドリュー王子を持ち出してアイーシャにプッシュする。

「まぁ、アンドリュー殿下も不自由な寮で生活されているのですか？」

乳母の白々しい言葉に、アイーシャは二人を引っ付けようとする意図は見え見えだと、鼻を鳴らしたくなったが、シラス王国の使者の前なので、大人しく聞き流す。

二人が話に上らせないフィンは、魔法学校ではどんな立場なんだろうとアイーシャは考えながら、長閑な田園風景を馬車の窓から眺めた。

二十一　ほんの少しの夏休み

「師匠？　サリヴァンへ向かうのですか？」

久しぶりにウィニーに乗ったフィンは、置き去りにしたアイーシャが怒っているだろうなぁと思いながら、行き先を師匠に尋ねた。

「サリヴァンへなどバルト王国の連中より先に着いたら、あれこれ質問攻めにされるだろう。それより、お前は夏休みを全く楽しんでないなぁ！　家に帰ってゆっくり過ごしたらいい。ウィニーの餌は私からノースフォーク騎士団に頼んでやる」

フィンは確かにサリン王国やバルト王国への潜入調査ばかりで、夏休みらしくはなかったと思ったが、師匠はどうするのだろうかと首を捻る。

「師匠も家に来られるのですか？」

ルーベンスはカラカラと笑って、近くの港町に降ろしてくれと頼む。

「馬は姫様一行がサリヴァンまで連れて行ってくれるだろうから、私はのんびり船旅を楽しむつもりだ」

（サリン王国が海賊と手を組んだのに、船旅なんて……。でも、師匠なら海賊を返り討ちにしそうだし、大丈夫か）

シラス王国の東北部の港町に師匠を送って行き、何隻かのサリヴァン行きの船が停泊しているのを確認して、フィンはウィニーに飛び乗った。

「じゃあ、家で少しだけハンスお兄ちゃんの仕事を手伝ったら、魔法学校に戻ります」

新学期が始まるまでに魔法学校に戻ると言う真面目なフィンにルーベンスは呆れながら、自分はアイーシャ姫の騒動が収まってから帰ろうと考えた。

「師匠、お酒を飲み過ぎないでね！」

ただでさえ竜で港町に降りたルーベンスは注目を集めているのに、大声で余計なことを言う弟子に腹を立てて、さっさと家に帰れと怒鳴り返す。

『やれやれ、俺がいない間にお酒づけにならなきゃ良いけど……ウィニー！　家に向かって！』

港町では、まだウィニーを怖がる人が多かったので、フィン達もさっさと飛び去った。

『フィンとこうして一緒に飛んでいるのが、一番しあわせだよ』

ウィニーと夏の終わりの澄みきった空を飛ぶのは、フィンにとっても幸せだ。

『俺も、ウィニーと空を飛ぶのが一番しあわせだなぁ』

まだまだ難しい問題が山積みのシラス王国だけど、ほんの少し夏休みをウィニーと楽しもう。フィンはそう思った。


懐かしいカリン村の上空に達すると、フィンはぐるりと旋回しながら家に向かう。

『あっ！　少し家から離れた場所に降りて！』

絵本の『可愛いウィニー』を読んでからは、家族はウィニーを怖がらないようにしてくれているし、家畜を大人しくさせる魔法もちゃんと掛けられる自信はあるが、他の家の人が訪ねて来ているのに気づいて、少し離れた場所に降りた。

『家のものじゃない馬車が、庭に停まっていたからね。ちょっと待っていてくれる？』

ウィニーは、お昼寝をして待っている、と機嫌良く頷く。フィンは誰が家に訪ねて来ているのかな？　と不思議に思いながら走って帰る。

庭に停まっている馬車はペンキが塗り立てで、とても立派な二人乗り用の馬車だった。

「格好いいなぁ～！　でも、馬はどこに繋いであるのかな？」

サリヴァンなどではもっと立派な箱形の馬車も見慣れているフィンだが、田舎の農家では荷馬車が主流なので、人だけを乗せる馬車は贅沢品に感じる。

「まぁ、フィン！　帰って来たなら、何故入って来ないの？」

母親のメアリーと妹達が、菜園の野菜を収穫しようと外に出てきて驚く。

「ああ、お母さん！　ただいま。誰かお客さんかと思って……」

話の途中から妹のローラとキャシーがくすくすと笑い出した。

「ハンスお兄ちゃんがペンキを塗ったから、乾かしているんだよ！」

メアリーはフィンを家へと招き入れながら、少し贅沢品なのだけど、と前置きをして話し出す。

「今年の夏至祭の市で、ハンスがあの馬車を買ったんだよ。ローラは、この秋から飛び級して、隣の町まで勉強をしに行くことになってねぇ。歩いて行けない訳じゃ無いけど、馬車があると冬もかなり通えるからねぇ。マイクが車輪の代わりのそりを作ってくれるんだよ」

そりを作れるなんてさすが指物士を目指すマイク兄ちゃんだ、とフィンは感心する。

学校に通い始めてわずか数年で小学校の課程を卒業したローラを、さらに上の学校に通わせてやりたいと、長兄のハンスと一緒に考えていたので、それが実現するのは嬉しかった。

「ローラと一緒に私も町の学校に通うのよ！」

キャシーはまだカリン村の学校でも十分なのだが、お姉ちゃんと一緒がいいと言うので町の学校に通うことになったのだ。

「フィン兄ちゃんの仕送りで、贅沢していると怒った？」

ローラは税金を免除してもらっている上に、フィンから毎月仕送りをしてもらっているのを気にしていた。

「まさかぁ！　俺もハンス兄ちゃんもローラには教育を受けさせたいと考えていたよ」

キャシーが「私は？」と騒ぎ立てるので、メアリーとローラは「もっと宿題を自分でしなきゃね」と笑った。

「でも、ローラは馬車を走らせられるの？」

当分は母親に送り迎えをしてもらうけど、そのうち自分で通うと、少し見ない間に大人びた顔でローラは説明する。

フィンは妹達がしっかりしているのに感心し、そういえばアイーシャは同じ年頃なのだと思い出して、少し胸が痛んだ。

「おおい！　帰っていたのか？」

農作業の途中で、お茶をしに帰ったハンスが、井戸で頭を洗って家に入ってきた。

「おやおや、菜園で野菜を収穫したら、お茶の支度をする予定だったのに……」

母親と妹達があたふたとお茶の用意をしている間に、フィンとハンスは新しい馬車や家畜のことや、三番目の兄ジョンの独立資金について話し合う。

「ジョンには家畜も分けてやりたいから、今年の夏至祭では生まれた雌牛を売らずに家に置いておくことにしたんだ。子豚を数匹買ったから、豚小屋を建てたいんだけど……」

手伝って欲しそうにフィンをチラリと見るが、すぐに無理だよなぁと言ってハンスは頭をガシガシかく。

「実は俺、数日だけど夏休みを師匠にもらったから、ハンス兄ちゃんの手伝いをするよ。ウィニーに餌を食べさせに、ノースフォーク騎士団へ行ったりしなきゃいけないけどね」

折角の夏休みなのに悪いなぁと言うハンスに、フィンは家族の面倒を見てもらっているからと笑う。

「それに、俺は農作業をしたり小屋を建てたりする方が、本当は向いているんだ」

ハンスは将来上級魔法使いになる弟が、農作業の方が好きだと言うのに呆れた。

「お前なぁ……あっ！　そういえば名字を師匠につけてもらったと言っていたな」

名字のことは簡単にしか伝えていなかったので、お茶を飲みながら詳しく説明する。

「フリーゲンという言葉は、『飛ぶ』の古語なんだよ」

古典には縁のない家族は、へェ～と感心して聞いていたが、ローラはこれから習わなきゃいけないとフィンは同情する。

「古典って難しいの？」

フィンも頑張（がんば）って勉強しているが、得意とは言えないので微妙な顔をしていまい、それを見たローラが不安そうにする。慌てて「大丈夫だよ」と取り繕（つくろ）うフィンを見て、メアリー達は大笑いした。

二十二　これで、夏休みも終わりだなぁ！

フィンはハンスと豚小屋を作ったり、農作業を手伝ったりする傍らで、留守番ばかりだったウィニーとも一緒の時間を過ごした。

『明日はアンドリューとユリアンをサリヴァンへ送って行くんだよね』

夏休みももう終わるので、ノースフォーク騎士団に滞在（たいざい）している学校の友人達を、二日に分けて王都まで送って行くことになっていた。

三人を乗せての飛行も、夏中ノースフォーク騎士団で練習していたので平気だと、ウィニーは自信満々だ。

『まぁ、急ぐ必要はないから、途中で休憩しながら行こう！』

フィンが留守の間に、ファビアンは何回もサリヴァンとの往復飛行をしており、飛行経路に暮らす貴族達は便乗できるのを期待して、屋敷を休憩所に提供してくれるようになっていた。

『アンドリューとユリアンを送ったら、ファビアンとラッセルと一緒に魔法学校に帰るの？』

少し寂しそうなウィニーの口調に、フィンはウィニーを世話してくれていたバースも連れて帰らなきゃいけないよと笑う。少しウィニー孝行をするために、午後からは海に連れて行ってやる予定だ。

「お兄ちゃん、海の水って本当に塩っ辛いんだね」

キャシーは初めて見る海に大喜びで、波打ち際で海水を、足でパシャパシャはね飛ばす。

ウィニーへの孝行ついでに、妹達にも海を見せてやろうと連れて来たが、元気いっぱいなキャシーに対し、ローラは竜での飛行だけでぐったりしてしまった。

「ローラ、大丈夫か？　ちょっと手を貸して」

乗り物酔いに近い感じだと見当をつけ、フィンはローラの手を握ると治療の技を掛ける。すると、少し青ざめていたローラの顔がみるみる赤みを取り戻す。

「わぁ〜！　フィンお兄ちゃんは本当に魔法使いなんだね」

フィンの魔法に驚くローラに、海でバシャバシャしていたキャシーは、竜に乗っているのだから当たり前じゃない、と笑った。

「そうだね！　ウィニーに乗るだなんて、普通の人じゃないよね」

フィンはローラがキャシーと一緒に波打ち際で遊び始めたのを眺めながら、カリン村で治療師をして、小さな畑でも耕(たがや)して暮らす予定だったのになぁと溜め息をついた。

『フィン？　一緒に泳ごうよ！』

砂浜に座って溜め息をついているフィンを心配して、ウィニーが海から飛んで来た。

金色のウィニーの瞳に自分の顔が映っているのを眺めていると、愛(いと)しさが込み上げてくる。カリン村でののんびりした生活より、飛び歩く刺激的な日々を選んだことを後悔なんかしないとフィンは笑う。

『ウィニー！　そのうち一緒にサリン王国やバルト王国に行こう！』

カザフ王国には全大陸を征服しようと野心を燃やすフレデリック王がいるが、バルト王国とは同盟を結べそうだし、サリン王国のチャールズ王太子とは話せばわかり合える気もする。

自分にできるのはウィニーを飛ばすことだけだけど、それを活かして使者を秘密裏(り)にサリン王国の首都ベリエールやカルバラに送っていける。

『わぁ！　お留守番はもう御免なんだ』

喜ぶウィニーに、またカザフ王国へ潜入調査に行く時は置いていくかもと、慌てて訂正しようとしたが、今は一緒に泳いで楽しむことにする。

ウィニーと海水浴を楽しみ、海に仰向けでぷかぷか浮かんで、夏の終わりの高い空を眺めながら、夏休みが終わるんだとフィンは感じる。

今年の夏休みはサリン王国で夏至祭を迎え、ミランダ姫の駆け落ち騒動に巻き込まれたり、竜の魔力を使って防衛魔法を強化する実験をしたり、バルト王国の岩窟首都カルバラでアイーシャ姫に出会ったりと大変だった。

潜入調査を通してサリン王国やバルト王国の庶民の暮らしに触れたことで、各々の国の問題や国民性を理解できて良かったと、フィンは可愛いユンナの顔を思い浮かべながら考える。

（師匠はお忍びの吟遊詩人の旅をしたいだろうけど、俺は皆にウィニーを見慣れて欲しい！　竜を使えばシラス王国の隅々まで行ける。竜が自由に飛べるようにしたいんだ！　それに、外国にも数日で往復できるし、機動性が高まるよ！）

師匠が上級魔法使いとして、あの防衛魔法を一人で維持してきた孤独と、サリヴァンに蔓延る気取った貴族達への嫌悪を和らげるために、吟遊詩人として気を紛らわせることが必要だったのはフィンにも理解できた。

しかし、フィンにはアシュレイから託された使命もある。

（竜の卵を孵さなきゃ！　秋学期には残りの竜の卵を誰かに渡そう！　そして、竜が自由に飛び回れる世界にしたい！）

今はシラス王国の中しか竜は飛べない。大陸の大部分はカザフ王国の支配下にあるからだ。フィンは、竜が自由に飛べる世界にするためには、フレデリック王の馬鹿な野望を阻止しなくては！　と魔法学校の一生徒にしては大き過ぎる目標を立てた。

まずは誰に残りの竜の卵を渡そうか？　と悩みながら、海にぷかぷか浮かび続けた。

「痛い！　……おや、弦を切ってしまうとは縁起が悪いなぁ」

のんびりと船旅を楽しんでいたルーベンスは、珍しく竪琴の弦を切ってしまい、嫌な予感がすると呟いた。

「おい、爺さん！　縁起が悪いなんて言うなよ〜！　ここら辺は海賊がうろちょろしているんだぞ」

ルーベンスは革袋の中から、がさごそと代わりの弦を取り出して、器用に竪琴に付け替えながら、海賊が出たら返り討ちにしてやると不敵に笑った。

二十三　初等科最後の学期は大騒動！

ファビアンとラッセルをサリヴァンへ送り届けたフィンは、さっさとカリン村に帰る予定だったが、待ち構えていたキャリガン王太子に捕まってしまった。どうやら前日にアンドリューとユリアンを送り届けたことから、今日また来ると予想したらしい。

「フィン君、ルーベンス様はどちらにいらっしゃるのかな？」

穏(おだ)やかな口調を保ってはいたが、キャリガン王太子がバルト王国との同盟の件で、ルーベンスと話し合いたいと考えて苛ついているのはフィンの目にも明らかだ。

「師匠は一週間前にサリヴァン行きの船に乗られたので、そろそろ到着するはずですが……」

キャリガンは子どものフィンに苛立ちをぶつけても仕方ないと、気持ちを切り替える。

「フィン君はアイーシャ姫と仲が良かったそうだが……ちょっと待ちたまえ！」

「俺、ちょっと用事を思い出したので、失礼します！」

そう叫ぶなり、回れ右してウィニーの方に駆け出したフィンを、ファビアンとラッセルが捕まえる。

「フィンらしくないなぁ！　キャリガン王太子が話していらっしゃるのに！」

アンドリューの従兄にあたるラッセルは、失礼な振る舞いを咎めてフィンの右腕をグッと掴む。

「師匠が留守なら、フィンが代わりにバルト王国の情勢を説明するべきだろう」

ファビアンは、夏休みの半分をアンドリューのお守りで過ごしたストレスをフィンにぶつける。

『フィンを虐めないで！』

グラウニーがパタパタと飛んで来て、ファビアンとフィンの間に入り込んだ。

『グラウニー！　虐めてなんていないよ』

グラウニーに甘いファビアンが、フィンを掴んでいた手を離した途端、ラッセルが空中に舞い上がった。今度はウィニーだ。

『ラッセル！　フィンを虐めないで！』

上着をウィニーの短い手に掴まれて、空中に吊り上げられたラッセルは、ばたばた抵抗しながら叫ぶ。

『わぁ～！　ウィニー！　私もフィンを虐めた訳じゃ無いよ』

キャリガン王太子とファビアンは、フィンが慌ててウィニーにラッセルを降ろすように命令しているのを、けたけた笑いながら眺める。

『ごめんね～！　ファビアンとラッセルがフィンを捕まえたから、何だか誤解したんだ』

乱れた上着を直しながら、基本的に竜に甘いラッセルは仕方ないなぁとすぐに許す。

「フィン君には強い味方がついているねぇ！　でも私は吊り下げないで欲しいな」

奥方の甥には悪いが、あの吊り上げられた格好は面白かったと、キャリガン王太子は笑っていた。それでも逃がしてはくれず、フィンは王宮に連れて行かれたのだった。

『フィン？　疲れているみたいだけど、魔法学校の寮に泊まる？』

王宮でキャリガン王太子にバルト王国の情勢を質問されてぐったりしたフィンに、ウィニーが声を掛ける。まだ夕暮れまでにはカリン村へ帰れるはずだとフィンは首を横に振った。

『師匠じゃないけど、この騒動が収まるまでどこかに逃げていたいよ』

そうは言っても、ウィニーの餌をいつまでもノースフォーク騎士団にお願いする訳にもいかないし、秋学期は明後日には始まってしまう。ぐずぐずしている暇はないのだと、フィンは溜め息をつきながら、空に舞い上がった。

気持ちの良い晩夏の空をウィニーと北へ向かっているうちに、フィンのくさくさした気持ちは消えていった。

一方、サリヴァンでは異国の王女を許嫁に押し付けられそうだと気づいたアンドリューと、どうやら王子が我が儘殿下と呼ばれていると知ったアイーシャが、それぞれフィンを見つけて文句を言おうと腹を立てていた。

冷静に考えれば、フィンに責任がないのは明らかなのだが、アンドリューはわざわざバルト王国から王女を魔法学校に留学させに連れて来なくてもと、ぶつぶつ心の中で文句をつけていた。

同じく、アイーシャはアンドリューが我が儘殿下だと事前に教えてくれても良かったのにと、竜と空へ消えていったフィンへの文句を口に出していた。

「フィンったら、本当に気が利かないわね！　ウィニーに乗せてくれる約束もあるのに、どこに行ったのかしら？」

「まぁまぁ、アイーシャ姫様！　ここはシラス王国ですよ！　魔法使いばかりの国で、そのような王族に対しての悪口はおよしください。間抜けなロバにでも変えられてしまうかもしれませんわ」

乳母のメルローは、竜に乗るだなんて論外だと、フィンへの悪口はスルーして注意もしなかったが、アンドリューへの悪口は咎めた。

アイーシャはバルト王国がシラス王国と同盟を結ぶために、自分をアンドリュー王子と結婚させようとしていることを、乳母の露骨な態度でしみじみと感じた。

「早く魔法学校が始まらないかしら……」

学校が始まれば、この口煩い乳母からは解放されるが、そこには政略結婚の相手のアンドリュー殿下もいるのだから、決して楽しいだけの場所ではない。

サリヴァンに急遽(きゅうきょ)開設されたバルト王国の大使館の窓から空を見上げたアイーシャは、自由に飛び回れるフィンを心から羨ましく思った。

もう一人、サリヴァンで頭を悩ませている人物がいた。

「昨日、今日と、フィンはウィニーにアンドリュー殿下とユリアン、ファビアンとラッセルをノースフォーク騎士団から乗せて来たが……ルーベンス様はどちらにいらっしゃるのだろう?」

ヘンドリック校長に熱い紅茶を出していた秘書のベーリングは、自分に聞かれてもわかるはずがないと肩を竦めた。

「アイーシャ姫の指導は難しそうなので、ルーベンス様にして頂きたいのだが……」

異国の王女が留学してきたことなど、アシュレイ魔法学校が創立(そうりつ)して以来なかったので、ヘンドリック校長は、どうしたら良いものかと狼狽(うろた)えていたのだ。

ベーリングは、校長にもマイヤー夫人のように、他の生徒と同じく寮の規則を守りなさい！　と堂々と言い切る強さがあればいいのにと、同情した。

（まぁ、マイヤー夫人のような強い御婦人は、そうそう見かけないけどね！　あの強烈な乳母殿を一言で黙らせたものなぁ）

アイーシャ姫が入学の手続きに来た時に、一緒に来た乳母が寮にも付き添うと言い出したのだ。ヘンドリック校長は、シラス王国の王女達も侍女や乳母などの付き添いは許されていないのだと断った。しかし、迫力ある乳母殿は、赤ちゃんの頃からお世話しているアイーシャ姫様と離れることは出来ないと、強硬に主張した。

ベーリングは、これは非常事態だと感じて、マイヤー夫人を呼びに行き、彼女の鶴の一声で乳母を黙らせた。

「如何なる高貴な姫君であろうとも、アシュレイ魔法学校では他の生徒と同じく寮の規則に従って頂きます」

カルバラの後宮で大勢の女性を見てきたメルローは、この寮母には逆らってはいけないと本能的に感じ、彼女にならら大事なアイーシャ姫を預けても大丈夫だと思い引き下がった。

さすがにマイヤー夫人のように超然としていろとは言わないが、あの気儘なルーベンスにアイーシャ姫の指導をしてもらいたいだなんて、どうやらヘンドリック校長はかなり混乱しているようだ。ベーリングはそっと助け船を出す。

「ルーベンス様がアイーシャ姫に無礼な態度で接したら、きっと困った事態になります。アイーシャ姫は水の魔法体系に属しています。シラス王国の魔法の技とは違いますが、研究熱心で、真っ当な水の魔法体系の指導教官を選んだ方が安心ですよ」

ベーリングの言葉で、ヘンドリックは我に返り、あのルーベンスに異国の王女を指導させるだなんて、何を考えていたのだろうと驚いた。

「その通りだ！　バルト王国の水占い師のやり方とは違うから、一から学び直す必要もあるしなぁ。第一、あのルーベンスが真っ当な指導などする訳が無い！」

そもそもやっと見つけた弟子にも、太鼓や竪琴の練習ばかりさせているなんて、と普段の調子で文句を言い出したヘンドリック校長を見て、ベーリングはやれやれと安堵した。

（どう見てもアイーシャ姫は大人しいとか、お淑やかとは思えなかった。アンドリュー殿下も、入学当時に比べるとかなり成長はされたが、それでも穏やかな性格だとはお世辞にも言えない。秋学期は大変なことになりそうだ！　ヘンドリック校長にはしっかりとしてもらわなければ）

魔法学校の校長の秘書であるベーリングは、護衛としての役割を果たすほどの魔力を持っていたし、勘も鋭かった。そして、ベーリングの勘が当たり、フィンの初等科最後の秋学期は大騒動になる。

二十四　フィンの悩み

「お前が手伝ってくれたおかげで、豚小屋もできて助かったよ」

真新しい豚小屋にはまだ子豚しかいないが、これから増やしていき、ジョンが土地を手に入れた時には分けてやるのだと、ハンスは笑う。

「ハンス兄ちゃんには苦労をかけてばかりでごめんね。俺なんか呑気に学校で勉強させてもらっているのに……」

ハンスは、フィンが魔法学校に入学したおかげで税金が免除されているし、毎月仕送りまでしてくれているんだから気にするなと首を振る。

「でも、マイク兄ちゃんやジョン兄ちゃんには……」

チロリと目を逸らしたフィンの頭に、軽い拳骨が落ちてきた。

「お前にそんな心配をしてもらわなくても結構だ！　それより、お前こそ好きな女の子はいないのか？」

この前、フィンが家にいると聞いたマイクとジョンが、奉公先に少し暇をもらって夕食を食べに来た時に、それぞれ将来は結婚したい彼女がいると話していたのだ。

ハンス兄ちゃんは家族の面倒を見ているから彼女ができないのかなぁと、フィンはこっそり気にしていたのだが、自分に話題を振られて、ユンナの顔を思い出した。

「ちょっと好きな女の子はいたけど、お嫁に行っちゃったよ……まだ、俺には養えないし……」

ハンスは、初恋と失恋を同時に経験したフィンを気の毒に思った。

「まぁ、お前も似合いの女の子といつか出会うさ！」

バッシン！　と背中を叩いて励まされたが、自分よりハンス兄ちゃんが頑張らなきゃと、フィンはぶつぶつ呟く。

メアリーはフィンに持たせるお弁当を包んでいたが、玄関先の会話を耳にして、ハンスが家族のために自分を犠牲にしなければ良いけれど、と溜め息をついた。

（あの子は長男として、弟達や妹達が独立するまで結婚しないつもりかも……。確かに、この土地での生活は厳しいけど、ハンスには幸せになって欲しいわ）

優しくて働き者のハンスには、村の娘達も好意的な目を向けている。しかし、ハンスが兄弟の世話をしなくてはいけない立場なのが、若い女の子には少し重荷に感じられてしまう。

親達も、魔法使いがいる家は好条件だと思っていたが、当のフィンがカリン村に治療師として帰って来ないとなると、もう少し条件の良い家に嫁がせてやりたいと思うのが本音だった。

メアリーは、より節約をしてハンスが結婚した時に、新婚の二人が住めるような小さな小屋を建ててやりたいと願った。

メアリーは結婚の話題を打ち切るように、フィンに声を掛けた。

「ほら、このお弁当を途中でお食べ。ウィニーの世話をしてくれている人の分もあるからね」

フィンは布に包まれた弁当を受け取ると、待たせておいたウィニーに乗って、バースを迎えに行った。

『フィン？　何を考えているの？』

秋の気配が漂う天高い青空を飛んでいるのに、フィンがいつもみたいには飛行を楽しんでいないのをウィニーは訝しく思う。

『いやぁ、ハンス兄ちゃんは来年には十九歳になるんだなぁと思って……。十八歳と十七歳の兄ちゃんには彼女がいるのに、ハンス兄ちゃんに彼女がいないのは、家族のために必死で働いているせいなのかと思うと……』

竜には人間の結婚の問題は理解できなかったが、フィンが兄のことを心配しているのはわかった。

『ハンスは優しいから、そのうち彼女ができるよ』

どこか頓珍漢なウィニーの慰めを聞いて、フィンはこればかりは自分が心配しても仕方ないと頭を切り替えた。

ノースフォーク騎士団の駐屯地であるリンドンには、すぐに着いた。フィンは、ウィニーが夏休みの間お世話になったので、団長やレオナール卿にお礼を言わなきゃと頭を下げた。

「いや、ウィニーのおかげでうちの騎士達も竜に乗る訓練ができて、有意義に過ごせた。竜の機動力は本当に素晴らしい」

団長はいずれファビアンがグラウニーと共にノースフォーク騎士団に入団したら、首都のサリヴァンとの連絡がスムーズに行われると上機嫌だ。

フィンは団長が上機嫌なのは嬉しいが、他の騎士団も竜を活用したいと考えるだろうなぁと気が重くなった。一歩引いた所で二人の様子を眺めていたレオナール卿は、フィンの微妙な表情を感じ取ることができた。

(もしかして、竜の卵をファビアンに渡したのはルーベンス様ではなく、フィンなのでは？　フィンがアシュレイの直系だとすると、竜の卵を託されたのかもしれない)

自分の息子が竜の卵をもらえたのは、アシュレイの傍系だからではないかと、レオナール卿は察していたが、今まではルーベンスが与えてくれたのだと考えていた。しかし、実はフィンが渡す相手を選んでいるのかもしれない。

レオナール卿も竜の機動力を高く評価していたので、武人らしく各騎士団に配備(はいび)して欲しいと思っていた。なので最後に一言、フィンにプレッシャーを掛けてしまった。

「フィン君、竜を有効的に利用できるようになるといいのだが……」

「レオナール卿、俺もそう思いますが、師匠の考え次第ですから」

バレてる！　と思ったが、フィンはルーベンスを盾にして切り抜けて、バースを乗せてウィニーと飛び立った。

『竜の卵を誰に渡すか？　本当に悩んじゃうよ〜』

『早く卵が孵るといいなぁ！』

ウィニーは仲間が増えるのを楽しみにしているので、グゥンとスピードを上げる。顔に当たる風を気持ち良く感じながら、フィンは秋学期中には残りの竜の卵を渡さなきゃと決意した。

二十五　アイーシャ、入学おめでとう！

ウィニーは夏休みに何度もサリヴァンへのお使いに行ったので、楽々と飛行を続け、途中で一度休憩したが、お昼過ぎには魔法学校に着いた。

『ウィニー！　本当に飛ぶのが速くなったねぇ』

ルーベンスの塔の近くにある竜舎で、ウィニーの鞍を外した箇所をブラシでゴシゴシと擦りながらフィンは褒めてやる。

『何回もファビアンと飛行したからね！』

ウィニーは褒めてもらったのは嬉しいが、フィンに置き去りにされて寂しかったので、もっと擦って！　と甘える。

バースは、夏休み中留守にしていた竜舎の点検をしたり、ウィニーの寝藁を新しいのに敷きかえたりしながら、やはりウィニーはフィンといる時が楽しそうだと微笑む。

しかし、フィンとウィニーのまったりした時間は長くは続かなかった。

「フィン！　やっと学校へ来たのね」

ウィニーが空から舞い降りるのを見て、真っ白なチェニックを着たアイーシャが竜舎へとやって来たのだ。

「やぁ、アイーシャ！　入学おめでとう！」

アイーシャは真新しいチェニックの裾をちょっと引っ張って、くるりと回った。

「どう？　似合っている？」

口煩い乳母は魔法学校に付いて来ていないし、女ばかりの後宮とは違う解放感で、アイーシャは浮かれていた。

「似合っているよ。アイーシャはいつ学校に来たの？　……あのう、もう寮母のマイヤー夫人には会った？」

アイーシャは、少し微妙な顔をして頷いた。

「今朝、アシュレイ魔法学校の寮に入ったの！　寮母のマイヤー夫人は厳しそうな小母様ね……ねぇ、ここの寮の規則って変じゃない？　それとも、シラス王国では普通なの？　天罰って何かしら？」

フィンは、今まで後宮で乳母や侍女にかしずかれて暮らしていたアイーシャが、ちゃんと部屋を片付けてここに来たのか心配になる。

「アイーシャ、部屋を片付けなさいとマイヤー夫人に言われただろ？　早くしないと叱られるよ」

フィンの心配した通り、アイーシャはいっぱい持ってきた荷物を片付けている最中に、窓からウィニーが見えたので、ほったらかして竜舎へやって来ていた。

「荷物は後で片付けるわ。それより、ウィニーに乗せてくれると言っていたじゃない」

ウィニーが疲れていないと言うので、それならと外した鞍を付け直していると、そこにアンドリューまでやって来て、フィンは逃げ出したくなった。

「やぁ、フィン！　あれ？　着いたばかりなのに、どこへ行くの？」

　アンドリューはアイーシャがいるのを無視して話しかけてくる。その態度にフィンは、この縁談は無理じゃないかなぁと、溜め息をつきたくなった。

「アンドリュー、こちらはバルト王国からの留学生のアイーシャです。旅の途中で、ウィニーに乗せてあげる約束をしたので、今からサリヴァンの上を一周してくるのです」

　アンドリューは、フィンが余計なことをするから、許嫁なんかを押し付けられそうなんだと、内心で舌打ちしたが、祖父と父から礼儀正しく接するようにと注意されていたので、一応は挨拶する。

「遠いバルト王国から、わざわざシラス王国まで留学されるだなんて、変わっておられますね」

　アイーシャは、この人が我が儘殿下と呼ばれているアンドリューなのだと、じろじろと眺めていたが、変わっていると言われてカチンときた。

「アシュレイ魔法学校は、優秀な方ばかりが学んでいると聞いていたのに、そうでもないみたいでガッカリだわ」

　アンドリューはルーベンスの弟子になれなかったことがコンプレックスになっていたので、傷口に塩をすりこまれた気持ちになる。

「バルト王国のじゃ……ムグムグ」

　フィンは喧嘩になる前に、悪口を言おうとしたアンドリューの口を手で押さえた。

「アイーシャも、アンドリューは先輩になるんだから、もう少し敬意を払わなきゃ駄目だよ！」

アンドリューは、フィンがアイーシャにも注意したので、腹の虫が少し治まった。

「もう、大丈夫だから……」

アンドリューが落ち着いた様子なので、フィンは手を離したが、アイーシャとの初対面は最悪だなぁと頭が痛くなる。

「私はフィンと一緒に勉強したいから、二学年飛び級するつもりなの。この秋学期は、魔法学校に慣れるために一年生だけど、学習面も魔法学もクリアしているわ」

これでアンドリューは下級生になるわと、アイーシャは鼻をツンとした。

すると、アンドリューが対抗して言い返す。

「私も飛び級して、春学期からは中等科になるんだ！」

フィンは両側から、来年は一緒に勉強できると嬉しそうに宣言されたが、勘弁して欲しいとしか思えない。

「アイーシャもアンドリューも、飛び級できるかはヤン教授の評価次第だよ。特にアイーシャは、水占い師のやり方とは違うから、基礎からやり直さなきゃいけないよ」

アンドリューは、水占い師？　もぐりの魔法使いみたいな名前だなと馬鹿にしかけたが、フィンに脚を軽く蹴られて黙った。

「そんなにやり方が違うの？」

少し不安そうな顔をしたアイーシャを横目でチラッと見て、アンドリューはまんざら不細工ではない、いや可愛いかもしれないとドキンとする。

「俺は水占い師のやり方をちゃんとは知らないけど、シラス王国の魔法の技とは違うように感じたよ。でも、精神を統一する呼吸方法とかは一緒だったし、アイーシャならきっとすぐに習得できるさ」

「ならいいけど」と元気になったアイーシャは、本来の目的を思い出した。

「そうだ！　ウィニーに乗せてもらいに来たのよ！」

ウィニーは鞍を付けたままのんびりと座っていたが、アイーシャの言葉で、跨がりやすいように腹這いになった。

「良いなぁ～！　私もウィニーに乗りたいなぁ」

昨日乗ったじゃないか、とフィンは無視したが、夏休みの間にアンドリューと何度も飛行して仲を深めていたウィニーは気にかける。

『アンドリューも一緒に飛べばいいじゃないか』

フィンはこの二人との飛行は遠慮したかったが、ウィニーがそう言うならと、渋々三人で乗り込むことにした。

「アンドリュー、アイーシャが具合悪そうだったら教えてね」

アイーシャは具合なんか悪くならないと言い返したかったが、初めての飛行なので黙ってフィンの言うことを聞いて、鐙に足をかけて鞍の取っ手をしっかり握った。

『さぁ、ウィニー！　サリヴァンの上を一周しよう！』

大きな羽根がバサッと地面に風を打ち付けると、ウィニーの体がフワァと空に舞い上がった。

「わぁあ～！　空を飛んでいるわ！」

アイーシャは具合を悪くするどころか、下の建物を興味深く眺めては質問する。しかし、フィンはサリヴァンの地理をあまり知らなかったので、自然とアンドリューが説明することになった。

「あちらに見えるのは海ね！　私は海を見たことがないの！」

フィンも内陸のバルト王国では海は見えないだろうと頷いて、ウィニーを港に向かわせる。

「アイーシャ？　気分でも悪いの？」

はしゃいでサリヴァンの建物の名前などを尋ねていたアイーシャが、いつの間にか黙りこくってしまったので、アンドリューは心配になった。

「いいえ……海ってこんなに広いのね！　感動していたの」

海の水は本当に塩辛いのか降りて調べてみたいとアイーシャに頼まれ、フィンは人気のない海岸を探す。

「アイーシャは悪い子じゃありませんよ」

靴を脱ぎ捨て、スカートが濡れるのもお構い無しに、海に足をつけているアイーシャを、フィンとアンドリューは呆れて眺めていた。

「それは……わかっているけど……」

複雑な気持ちのアンドリューに、こればかりは自分が口を出すことじゃないと、フィンはそれ以上追及しなかった。

『ねぇ、海水浴したいなぁ』

フィンはお留守番させたウィニーのおねだりには弱い。「手早く済ませて！」と笑いながら鞍を外してやる。

「まぁ！　ウィニーは泳げるのね！」

バシャバシャと大きな水飛沫が飛んで来るので、波打ち際で遊んでいたアイーシャは砂浜へ上がってきた。

「竜は海水浴が好きなんだよ！　あれ、何を持っているの？」

「姪達に綺麗な貝殻を送ってやろうと思って」

アイーシャが両手にいっぱい拾った貝殻を、アンドリューはハンカチで包んでやる。

『フィンも一緒に泳ごうよ〜』

フィンはなかなか良い雰囲気の二人に微笑み、ウィニーが呼ぶのに応えて海へ走り込んだ。

『あっ！　私もウィニーと泳ごう！』

夏休みも終わりだし、当分ウィニーと泳げないからと、アンドリューまで上着を脱いで海へ飛び込んだ。フィンは自分も彼女無し歴十三年なので、偉そうなことは言えないが、せっかく気を利かせたのにと溜め息をついた。

二十六　賑やかな女子寮

アイーシャがウィニーから降りようとすると、アンドリューが紳士的に手を差し出してきた。必要ないとは思ったが、一応レディらしくそっと手を添える。

「ありがとう」と上目遣いに礼を言われたアンドリューは、アイーシャの睫毛が長いのに気づいてドギマギする。

二人がまたもいい感じなので、フィンは収まりの悪い巻き毛の後ろで手を組んで、別の方向を眺める。

「あれ？　ルーシーじゃないか、こんな所に何か用なの？　パックはここにはいないよ」

フィンは校舎の陰から自分達を見ているパックの妹のルーシーを見つけて、声を掛けた。魔法学校の女の子は少ないので、アンドリューも一学年下のルーシーを知っており、そちらに目を向けた。

ルーシーは学年が上の、それも有名な二人に注目されて、ポッと頬を染めたが、ボーンと三時を告げる時計の音で、本来の目的を思い出した。

「アイーシャ！　早く部屋を片付けないと、マイヤー夫人に荷物を中庭に捨てられるわよ」

隣の部屋のルーシーは、片付けを放り出して出かけたアイーシャに忠告しに来たのだ。

「まさか、そんなことはしないでしょう？」

呑気なアイーシャを、フィンとアンドリューは真剣に注意する。

「絶対に、マイヤー夫人に逆らってはいけない！」

フィンとアンドリューが同時に叫び、ルーシーは女の子の荷物が中庭に捨てられるのを見てられないと、腕を掴んで言い聞かせる。

「マイヤー夫人を怒らせたら、怖いわよ！　何人も荷物を中庭に捨てられたの。男の子ならいざ知らず、女の子でそんな目に遭うのは恥ずかしいわ」

ルーシーに引っ張られるようにして竜舎を後にしたアイーシャは、小柄な小母様なのに恐れられているマイヤー夫人に興味を持った。

「ねぇ、ルーシー？　そんなにマイヤー夫人は恐ろしいの？　変な規則を並べてあるけど、本当に守らなきゃいけないの？」

ルーシーは赤い髪の毛を振り立てて言い聞かす。

「絶対に守らなきゃ駄目よ！　特に、部屋の片付けと、就寝時間は守らないと後悔するわ」

アイーシャは、ルーシーが就寝時間を守らず何か罰を与えられたのだとピンときた。

「ねぇ、確か規則に書いてあったのは『就寝時間を守らないと、寝させません』だったかしら？　どうやって、寝させないの？」

アイーシャに問い詰められて、ルーシーは不愉快で気持ち悪い体験を思い出し、身震いした。

「とにかく、マイヤー夫人に逆らっては駄目なのよ！」

ルーシーは口に出すのも嫌だと、アイーシャの質問をはぐらかした。

ルーシーが急かしているのに、アイーシャはまだマイヤー夫人の恐ろしさを知らないので、どこかのんびりしていて、女子寮の扉の前で立ち止まってしげしげと調べ始めてしまった。

「どこにも魔法は感じないけど……」

女子寮には男子は入って来られないと説明を受けていたが、アイーシャには、扉のどこにも変わったところは無さそうに感じられる。

「呑気にしている場合じゃないわよ！　そろそろ、マイヤー夫人が部屋をチェックしに来るわ」

余りにルーシーが急かすので、アイーシャは扉の調査を後にすることにした。

「酷い有り様ね。手伝ってあげたいけど、自分の部屋は自分で片付けるのが規則だから……」

アイーシャの部屋には、乳母と侍女があれもこれも必要だろうと荷物を沢山用意したので、片付けていない服や小物などが溢れていた。

「やれやれ、不必要な物は中庭に捨ててもらってもいいけど……」

後宮育ちのアイーシャは、自分で整理整頓など生まれてから一度もしたことがなかった。

それでも、この寮にいる限りは、自分でどうにかしなくてはいけない。

まずは、服を戸棚にしまおうとしたが、半分も入らない。

「こんな小さな戸棚に、服を全部しまうのは無理だわ！」

アイーシャは乳母が用意した服の中に、綺麗なドレスなど学校生活に必要なさそうな物があるのを見つけて、アンドリューと引っ付けようとしているのだと行儀悪く舌打ちする。

「必要な物だけにしなきゃ駄目だけど……もう！　メルローのせいでこんな目に遭う

のね」

せっかくしまった服をベッドの上に全部投げ出して、綺麗なドレスなどはマイヤー夫人に中庭にでも捨ててもらおうと考える。

「最低限の下着と着替えがあればいいのよね！」

戸棚に必要な物だけを入れ、勉強机に教科書と文房具を置くと、アイーシャはこれで片付けは終わったと、ベッド上の溢れた服を床に投げ下ろした。

「アイーシャ、部屋は片付けましたか？」

軽いノックの音がしたと同時に、マイヤー夫人が滑るように部屋に入って来た。アイーシャはベッドに横になって魔法学の教科書を読んでいたが、マイヤー夫人が来たので、ちょうどいいと起き上がった。

「マイヤー夫人。床に置いた服は要らないので、中庭にでも捨ててください」

マイヤー夫人の片方の眉毛が、きりきりと上がった。フィンやアンドリューがそれを見たら、ベッドから飛び降りて、床の服をどうにか片付けようと必死になっただろう。

「不必要な服なら、荷造りしなさい！」

ビシッと叱りつけられて、アイーシャはベッドの上でビクンと飛び上がる。

（これは、逆らってはいけない相手だわ！）

ヘレナ様よりおっかない！　と慄いたアイーシャは、それから一時間、マイヤー夫人に熱血指導されながら部屋を片付け、不要な服や小物を荷造りし直し、ベッドメーキングをマスターした。

「常に、この状態をキープしてくださいね」

床に積んであった荷物がパッと消えたのを見てアイーシャが呆気に取られている間に、マイヤー夫人は音もなく消えた。

「中庭に捨てたのかしら？」

我に返ったアイーシャは、窓を開けて中庭を眺めたが、荷物は見当たらない。不要な荷物は、マイヤー夫人がバルト王国の大使館に移動魔法で送り返したのだ。

「アイーシャ？　マイヤー夫人にしごかれたみたいね。談話室に行かない？」

隣室のルーシーは、マイヤー夫人に熱血指導されているのを、ひやひやしながら聞いていて、やっと終わったので疲れただろうと誘いに来たのだ。

「もうすぐ夕食なのに談話室で何をするの？」

「女子寮には中等生もあまりいないから、皆で談話室で情報を共有するのよ！　まぁ、ほとんど雑談だけど、ためになる話もあるわ」

後宮育ちのアイーシャは情報収集の重要さを知っているので、猫を二、三匹被って、外国から来たお姫様を演じることにした。

アイーシャが談話室で、あれやこれやと情報を入手している頃、フィンはまだ帰って来ない師匠がどこにいるのだろうと訝しみながら、ルーベンスの塔の窓を開けて空気を入れ替えていた。

二十七　ルーベンスはどこだ！

秋学期が始まり、フィンは初等科最後の学期を楽しんでいた。学習面は落ちこぼれを脱したし、教養面も音楽はもちろんだが、乗馬、武術、美術も順調だ。ダンスだけは少し苦手意識を持っていたが、前よりは格段に見られるものになった。

問題は魔法学だが、師匠が留守なので、中等科と高等科の生徒を乗せてウィニーで飛行訓練をしている。

サリヴァンの街の人々は『可愛いウィニー』の絵本で、子竜の頃から人に馴れていると知ったし、毎日空を飛ぶ竜の姿を見て慣れてきていた。特に子ども達は、ウィニーが飛ぶ時間を楽しみにしていて、竜の影を追いかけたりしている。

しかし、王宮にそんな竜の飛行を苦々しく見つめる男が二人いた。

「ルーベンスはどこだ！」

マキシム王はもちろん、竜に怒っているのではない。やっと見つけた弟子の指導も、バルト王国との同盟締結も放り出して、どこかに雲隠れしているルーベンスに腹を立てているのだ。

ヘンドリック校長も、王宮の窓から気ウィニーを見て、大きな溜め息をついた。

「フィンの話では、二週間前にサリヴァンに向かう船に乗ったということです。船はとっくに着いているはずですが……」

普段は穏やかなマキシム王に「船旅！」と睨みつけられて、ヘンドリック校長は口を閉じた。

「今年、どれほどの我が国の商船が海賊に襲撃されたと思っている！　サリン王国の港を拠点にして、北東部を荒らしまくっている件も話し合わなくてはいけないのに……」

苛々と歩き回るマキシム王に、上級魔法使いの勤務態度は自分の責任外だとヘンドリック校長は言いたくなったが、怒りの炎に油を注ぎそうだと黙った。

「おや、ヘンドリック校長、こちらにいらしていたのですね。魔法学校まで出向く手間が省けました。アイーシャ姫は、魔法学校とマイヤー夫人に慣れたでしょうか？」

部屋に入って来たキャリガン王太子が助け船になり、バルト王国のアイーシャ姫の話題に移った。

マキシム王も、ヘンドリック校長を責めても仕方ないのはわかっているのだが、言わずにはいられないほど腹が立ってしまった。

「ルーベンスもマイヤー夫人に躾け直してもらいたいものだ……」

アイーシャ姫が真面目に勉学に励み、マイヤー夫人の言うことを素直に守っているとの報告を受けて、マキシム王は溜め息まじりに独り言を呟いた。

「くっしゅん！」

噂の的のルーベンスは、南の島の酒場で竪琴を爪弾いていたが、何故か鼻がむずむずしてたまらなくなった。

「誰ぞが噂をしておるな……」

秋学期も始まったので、ヘンドリック辺りが悪口を言っているのだろうと、気にしないで再び竪琴を弾き始める。

すると、どう見ても漁民ではない何人かの男達が、ドカドカと酒場に乗り込んできて、以前来た時にはいなかった酒場女達のウエストを掴んで膝の上に乗せながら騒ぎ出した。

「おい、爺さん！　もっと景気のいい曲を弾け！　今夜はどんちゃん騒ぎだぜ！」

酔っぱらいのだみ声と共に、ルーベンスの足元に金貨が投げられる。

ルーベンスはありがたそうにシラス王国の金貨を拾い上げたが、一瞬殺気を放ちそうになる。

（この金貨には恨みが染みついている。やはり、こやつらはシラス王国の商船を襲っている海賊と関係があるな……）

シラス王国は南の島との貿易も盛んなので、金貨を持っていても不思議ではないが、ルーベンスは拾い上げた時に嫌な気配を感じていた。

ルーベンスは注文通り陽気な曲を弾きながら、海賊達の寝床（ねどこ）になっている島の調査を終えるまでは、魔法学校には帰らないと決めた。

（あの時、サリヴァンに早く着き過ぎたのがケチのつき始めなのか？　それとも、面倒に巻き込まれるのを避けようと、南の島へと渡ったのが、運のツキかのう……）

鄙（ひな）びた島のヤシの木の下で、のんびり海を眺めながら竪琴を爪弾いて、サリヴァンの厄介事が通り過ぎるのを待つつもりだったのに、海賊の寝床に舞い込む羽目になったルーベンスだった。

「ここでの吟遊詩人の営業は全く楽しくないな……」

自国の商船を襲った奴らに奢られる酒は、とても苦かった。

二十八　サザンイーストン騎士団と捜索（そうさく）活動？

フィンは住人が留守の塔の掃除を終えて、ふぅ～と大きな溜め息をついた。

「それにしても師匠はどこへ行っているんだろう？」

秋学期が始まって半月が過ぎても魔法学校に帰って来ないルーベンスを、ヘンドリック校長は怒りを通り越して心配し、フィンに居所に思い当たりはないかと質問してきた。しかし、フィンも全くわからないので、首を横に振った。

「師匠の居所もわからないのか？」

ヘンドリック校長に八つ当たりされて、フィンは何となく弟子失格の気分になって落ち込み、ルーベンスの塔の掃除でもしようと身体を動かしていたのだ。

「サリヴァンの港にはとっくに着いているはずだから、そこから吟遊詩人の旅に出たのかな？　収穫祭には少し早いし、馬は学校にいるし……」

師匠がサリヴァンにいないのは、フィンにはわかる。師匠と弟子の絆で、近くにいれば場所ぐらい見つけられるのだ。

「そうか、師匠はきっとサリヴァンの港で他の船に乗り換えたんだ！」

他の馬を買って吟遊詩人の旅をするより、面倒臭がりの師匠がしそうなのは船の旅だ。

フィンは思い立ったらじっとしていられず、サリヴァンの港へ走って行った。

サリヴァンの港には、商船や客船や小さな漁船、それにサザンイーストン騎士団の軍艦が停泊していた。

「さすがに師匠が乗った客船は……いないよね～」

船首(せんしゅ)に海の女神(めがみ)を飾った客船は、とうに出航してしまっていた。フィンはせめて師匠の形跡(けいせき)だけでもたどれないかと、深呼吸をして精神を集中させてみたが、二週間も前なのでわからない。

「せめて、どの桟橋(さんばし)に降り立ったのかわかれば、足取りを辿れるかもしれない！」

フィンは客船が使う桟橋を、港で働く人に聞いて調査する。

「この桟橋かなぁ……」

何となく師匠の残像(ざんぞう)を感じるが、この桟橋で魔法を使った訳でも無いので、はっきりとはしない。

「おや、あれはフィン君ですねぇ」

港に停泊しているサザンイーストン騎士団のプリンストン号の甲板(かんぱん)で、グレンジャー団長は良いものを見つけたと微笑む。

「何をうろうろしているのでしょう？　港には乱暴な男達もいるというのに……あんな初等科の白のチュニックなど着ていたら、カモにされますよ」

魔法学校の生徒は貴族の子弟(してい)が多いので、カツアゲでもされないかとマーベリック副団長は眉を顰める。

「白のチュニックを着ていても、フィン君はルーベンス様の弟子なのだから、そこら辺のゴロツキでは手も足も出ないだろう。しかし、何か困っている様子だなぁ……少し恩を売っておこうか」

日焼けした顔でにっこりと笑うグレンジャー団長に、マーベリック副団長は恩を売るのは良いが、下手なちょっかいを出して敬遠されないようにして欲しいと眉間の皺を深くする。

慣れた様子で軍艦からボートに乗り移った団長が桟橋に軽く飛び上がるのを見つめながら、マーベリックは秋学期から魔法学校へ入学させた一族の娘が、上手くフィンの心を射止めてくれればいいのだが、と腕を組んで考えていた。

（本当なら、もう少し年上の娘に誘惑させたいところだが……一族には相応しい年頃の娘はフローレンスしかいなかった。我が一族も魔法使いが少なくなったものだ……）

甥の娘であるフローレンスは可愛い顔をしているから、フィンを捕まえてくれるかもしれないとマーベリックが夢を見ているうちに、グレンジャー団長はフィンに話しかけ始めた。

「やぁ、フィン君！　何か困っているのかな？」

にこやかな伊達男のグレンジャー団長に声を掛けられたフィンは、一瞬逃げ出そうかと思ったが、港を管理している役人に、この二週間サリヴァンを出航した客船や商船を聞いてもらおうと考え直した。

「先ほど、港の管理事務所で尋ねたのですが……」

魔法学校の初等科の生徒なんかに、わざわざ答える必要はないと鼻であしらわれてしまったのだ。

「それは失礼したねぇ。サリヴァンの港の管理もサザンイーストン騎士団の管轄下なのに」

まるで貴婦人に謝るように、優雅に頭を下げたグレンジャー団長に、フィンは慌てて「そんなのいいです」と頭を上げてくれるように頼む。

これがルーベンスなら「ふん！」と顎をしゃくり上げただろうと、グレンジャー団長は次代の上級魔法使いの腰の低さに内心でほくそ笑む。

さっき追い返された管理事務所にグレンジャー団長が顔を出すと、管理人は打って変わった態度で帳面を捲り出す。

「この二週間、サリヴァンの港からは多くの客船や商船が出航しています」

フィンは帳面を見て、目を丸くする。

「こんなに多いだなんて～」とは言うものの、フィンが怪しく感じる桟橋から出航した客船や商船の行き先は、ほとんどが南洋の島だ。

「師匠ったら、南国の島でのんびりと竪琴でも弾いているんだろうなぁ」

「おや、ルーベンス様はサリヴァンにいらっしゃらないのですか？」

管理事務所に着いてからは、ぺこぺこする管理人達にお茶の接待を受けていたグレンジャー団長が、優雅に立ち上がりフィンの側に立った。

「いや、ちょっと」

ごまかそうとしたが、優男のようでも百戦錬磨のグレンジャー団長にはまだまだ敵わない。あっという間に白状させられてしまった。

「ふぅむ、シラス王国の守護魔法使いの行方が知れぬとは、一大事ですねぇ。どうやら南洋の方に向かわれたみたいですが、竜で海上の捜索は難しいでしょう！　我がサザンイーストン騎士団がお手伝いします」

フィンは「いえ、結構です！」と断ったが、グレンジャーはにこやかに笑いながら、遠慮は無用だと聞く耳を持たない。

「マキシム国王陛下にお願いして、フィン君が学校を休む許可を取ってもらいましょう」

あれよあれよと言う間に、王宮へ向かう馬車に乗せられて、いつの間にかサザンイーストン騎士団と、師匠の捜索に出ることが決まってしまった。

二十九　グレンジャー団長の思う壺

港でもグレンジャー団長のマイペースに振り回されたフィンだが、マキシム王の前にまで引っ張り出されて困惑する。

「何だと！　ルーベンスの行方が知れぬとは、如何なることだ！」

一人しかいない上級魔法使いがどこにいるかわからないと聞かされて、マキシム王は頭を抱えた。

「マキシム国王陛下、ご心配はいりません。私がフィン君と共にルーベンス様を見つけて、無事に連れ帰りますから」

同席していたキャリガン王太子は、確かにルーベンスの居所は知りたいし、出来れば王都にいて欲しいが、あまり強制しない方がいいのではないかと考え、異論を唱える。

「あの方の気紛れは今に始まったことではありません。帰りたくなったら、帰って来られますよ。それに、フィン君は魔法学校で学習しなくてはいけませんし……」

師匠がいないのに何を学習するのだと父王に睨まれるが、魔法学以外にも色々あるでしょうと冷静に返す。

「ルーベンス様に危害を加えられる者がいないのは承知していますが、なにぶんご高齢ですし……万が一のことも考えないといけません」

マキシム王はグレンジャーに不安を煽られて、顔色を変える。フィンは、王宮だし王様や王太子の前だからと大人しくしていたが、グレンジャー団長の勝手な言い分にカチンときた。

「師匠は元気ですよ！　師匠に何かあればわかります」

「む……それもそうか」

キャリガン王太子は、父王がフィンの言葉で冷静さを取り戻したのでホッとする。グレンジャー団長がフィンをサザンイーストン騎士団に取り込もうとしているのがミエミエだったので、それにまんまと乗せられるのは嫌だったのだ。

「しかし、シラス王国を長期間離れるのは如何(いかが)なものでしょうね。海に隔(へだ)てられていては、防衛魔法を維持するのも難しいのでは？」

フィンは大丈夫だと言い返したかったが、その点には詳しくなかったので、答えに詰まる。

「フィン？　防衛魔法は大丈夫なのか？」

やっと落ち着いていたマキシム王に不安そうに質問され、いい加減な答えを言えずに口ごもる。

「国境で見てないから大丈夫か断言(だんげん)はできませんけど、何も変化は感じないので大丈夫だと思いますよ……。ええっと、防衛魔法の掛け方はわかりますけど、まだやったことないし……師匠にはもう少し成長してからと言われているので……」

その言葉に、まだ子どものフィンだが、ちゃんと上級魔法使いの弟子なのだと、その場にいた全員が見直した。

「ルーベンスに防衛魔法を習ったのか！」

吟遊詩人の真似事（まねごと）ばかりさせていると腹を立てていたマキシム王だが、ちゃんと指導しているのだと知って安心した。

「急なお呼びですが、フィンが何か問題でも起こしたのですか？」

ヘンドリック校長に事態を説明する前に、グレンジャー団長はフィン君とルーベンス様を探しに行くから、少しの間休ませて欲しいと願い出る。

「フィン！　ルーベンス様に何かあったのか？」

驚いてフィンに詰め寄るヘンドリック校長を、キャリガン王太子が制して、今までの経緯を説明した。

「ヘンドリック校長、フィン君の学習が一ヶ月ぐらい遅れることより、ルーベンス様を無事に連れ帰る方が優先されるのは当然ですよね」

気障（きざ）な伊達男のような外見（がいけん）をしているが、サザンイーストン騎士団を束（たば）ねているグレンジャー団長は、人の動かし方を心得ている。ヘンドリック校長が、ルーベンスにサリヴァンへ戻って欲しいと願っているのを見抜いて、ぐいぐいと攻める。

「それは、まぁそうですが……」

今までも、ルーベンスの気儘な吟遊詩人の旅に付いて行って、フィンが一ヶ月ぐらい授業に出ないことは何度もあったので、ヘンドリック校長は強く反対できない。

「では、フィン君とルーベンス様を……」

このままでは、グレンジャー団長の思うがままになってしまう！　と焦ったフィンが「ちょっと待って！」と止める。

「俺が一ヶ月も留守にしたら、ウィニーが怒っちゃうよ！　夏休みも長期間離れるのは嫌だと拗ねられたんだ！」

キャリガン王太子はフィンの口を塞ぎたくなった。それこそまさにグレンジャー団長の思う壺だ！

「フィン君、それはウィニーが可哀想ですよ。我がサザンイーストン騎士団のプリンストン号に、ウィニーも一緒に乗せましょう！」

風の竜が欲しくてたまらなかったグレンジャー団長は、にこやかに提案する。

「でも、ウィニーは沢山餌を食べるから、船旅は無理じゃないかな？」

フィンもグレンジャーの思惑にやっと気づいて抵抗するが、シーウルフとまで呼ばれた男には勝てない。

どのくらい食べるのか？　と質問されて正直に答えているフィンに、傍らで眺めているキャリガン王太子は、溜め息しか出ない。

「出航前に満腹にしておけば一週間はもつのなら、船旅もできますよ」

予備に山羊を乗せておきましょうと上機嫌なグレンジャー団長に、キャリガン王太子は一言挟む。

「大人ばかりの軍艦に、フィン君一人では心許ないだろう。そうだ！　同級生を同行させたら、フィン君も安心だ！　ヘンドリック校長、何名かご指名ください」

航海中、世間知らずなフィンをグレンジャー団長の勧誘から護りたいと、キャリガン王太子は考えた。

「では、優等生のラッセルとラルフなら、一ヶ月ぐらい授業を受けなくても大丈夫でしょうし、彼等にもいい体験になるでしょうから、是非ともお願いします」

魔法学校の優等生なら歓迎だと、グレンジャー団長はほくそ笑む。

「そうですね。フィン君もお友達が一緒なら楽しいでしょう」

口八丁手八丁のグレンジャー団長に、キャリガン王太子は他の騎士団の武骨な団長では相手にならないなと危惧した。サザンイーストン騎士団にも優秀な人材が必要なのは理解しているが、グレンジャーの勧誘が上手いせいかどうしても他の騎士団よりも優れた団員が多いように感じられる。

「フィン君、早く帰って来てください」

長期間、グレンジャー団長の指揮下にいさせるのは、本人が能力も高く魅力的なだけに、籠絡される危険性があるとキャリガン王太子は心配で仕方がなかった。

三十　ウィニーと南の島へ

プリンストン号の甲板の上にウィニーは軽々と舞い降りた。

「やぁ！　フィン君、そして君達はラッセル君とラルフ君だね！　プリンストン号にようこそ！」

青い目の周りに皺を浮かべた笑顔で出迎えられて、ラッセルとラルフは、これは要注意人物だなぁと感じる。

ラッセルはキャリガン王太子から、フィンをグレンジャー団長の勧誘から護るようにと密命を受け、ラルフも王宮魔法使いの叔父から同じような注意をされていたのだ。

身内から警告されている二人でも、グレンジャー団長からプリンストン号の案内をされているうちに、サザンイーストン騎士団に入団したくなるほどの歓迎ぶりだった。

「君達三人には士官の部屋を一つ空けさせたので、そこで眠って欲しい。陸とは違ってスペースが狭いし、ベッドではないけど我慢してください」

フィンはもちろんだが、ラッセルもラルフもハンモックで寝るのは問題ないと頷く。

「もちろん、ルーベンス様には私の部屋を差し出しますよ！　さぁ、出航です！」

着替えを詰めた荷物を部屋に置くと、フィン達は甲板へと上がる。船員達が高いマストに登り、帆を満開にしていくのを、ラッセル達は甲板から眺めていたが、フィンはウィニーに寄り添った。

『ねえ、軍艦に乗るのは初めてだけど大丈夫?』

ウィニーは乗る前に、食べ物をお腹いっぱいに詰め込んだので、フィンに眠たいと呟くと、うとうとし始める。

「フィン君、ウィニーは眠ってしまったみたいですね」

風の竜の力を試してみたかったグレンジャー団長は、少し残念そうだったが、フィンが代わりに帆に風を送り込む。

「フィン? 君が風を送り込んでいるの?」

風の魔法体系に属しているラッセルは、帆がパンパンになってスピードを上げたのに気づいて声を掛けた。

「まぁ、プリンストン号なら風を送り込んでも、海に投げ込まれたりしないだろうからね。早く師匠を探して、さっさと魔法学校に帰らなきゃ、宿題が溜まっちゃうもの」

優等生の二人は宿題が溜まることなど考えてもいなかったが、海に投げ込まれるというのに驚いて話を聞く。

フィンがサリン王国の商船での体験を話しているのを、グレンジャー団長は少し遠くで聞き、上級魔法使いの弟子として外国へ直接出向いて現地の調査をしているのだと気づいた。

（若いのになかなか鍛えられているな……。それに、さすがルーベンス様の弟子だけある！　風の魔法体系に属しているとは聞いていないが、凄い魔力だ！）

　海を守るサザンイーストン騎士団には、風の魔法体系に属している魔法使いが何人もいるが、これほど易々と帆を膨らませられる者はいない。フィンが苦もなくやっているのは、友達にサリン王国からの脱出劇を話していながらも、全く風が衰えていないことが証明している。

「だから、女装していたんだね！」

　夏休みの後半にノースフォーク騎士団でアンドリューのお守りをしていたラッセルは、あれこれ噂を聞いていたのだ。

「国境の町で検問があったから、仕方なくだよ！　師匠がカツラとドレスをどこかで調達してきたんだ！」

　プンスカ怒っていても全く風が衰えないなと、グレンジャー団長は満足そうに頷いた。

　フィンは他にもミランダ姫の駆け落ち騒動などを話したかったが、それは秘密なのでグッと我慢する。

航海は順調に進み、初めはウィニーを遠巻きにしていたプリンストン号の乗組員達も、段々と気にしなくなっていった。甲板掃除の時などにウィニーは気楽にどいてくれるのだ。

「あっ！　あそこに島が見えますね！」

フィン達が手すりに群がって騒いでいるのを見て、グレンジャー団長はまだまだ子どもだなぁと苦笑する。

「ルーベンス様がこんなに近い島にいらっしゃるとは思えませんが、上陸して探してみますか？」

フィンは深呼吸して、師匠がいるか調べてみてから、首を横に振る。

「いいえ、あの島には師匠はいません」

島まではかなり距離があるのにわかるのか！　と全員が驚く。上級魔法使いの弟子なのだと改めて感心した。

「グレンジャー団長、海図を見せて頂けますか？　ウィニーが起きたら、上空から探索して回りたいのです。そうすれば師匠がいない海域を除外できますから」

なかなか頭もキレると、グレンジャー団長は微笑んで艦長室に案内する。

「ウィニーがいると、効率的に探索できそうですね」

船長室の大きなテーブルの上に広げられた海図を見ながら、フィンとグレンジャー団長が捜索計画を立てているのを、ラッセルとラルフは懐柔されてしまうのではとハラハラしながら眺めていた。

三十一　女好きではないぞ！

ルーベンスは、まさかフィンがサザンイーストン騎士団と共に自分を探して航海しているとは考えもしないで、南の島で海賊達の動きを調査していた。

「どうやら、海賊船は出航したみたいだな……」

のんびりとした宿屋に戻り、ルーベンスは竪琴を爪弾きながら、あの海賊達はこれからシラス王国の商船を襲うのだろうかと奥歯を噛み締める。

「爺さん、今夜の商売は上がったりだなぁ」

宿屋の主人もガラの悪い海賊達には迷惑しているが、金払いはいいので複雑な気持ちだ。

「今夜は早目に寝させてもらいますよ、年寄りには気の荒い連中の相手はしんどいのでね」

宿屋の主人は、吟遊詩人の音楽のおかげで、馬鹿騒ぎにはなっても、喧嘩は起こらなかったと安堵していたので、冷たい物言いのルーベンスを引き留める。

「そんなこと言うなよ〜！　あんたの齢なら、こんな暖かい気候の方が過ごしやすいだろう。ほら、お酒も奢ってやるから、ここに住み着いちゃあどうかね」

ルーベンスは宿屋の主人と酒を飲みかわしながら、海賊の情報を仕入れる。

「前に来た時は、のんびりした風情のある島だったのに、いったいいつからガラの悪い連中がたむろするようになったのかねぇ」

年老いた吟遊詩人の愚痴に、宿屋の主人は肩を竦める。

「島の連中も奴らには迷惑しているが、水や食料を買ってくれるからなぁ。それに、逆らうのは怖いし、金払いはいいからさぁ」

ルーベンスは、海賊のねぐらになっているのに呑気な主人に呆れる。

「私は次の船でよそに移るよ、商売にはならないみたいだからなぁ」

海賊船が寄港している時は馬鹿騒ぎだが、酒場女を置いた分料金が高くなったので、島人は来なくなって、今は閑古鳥が鳴いている。

誰もいない酒場をコップで指して、大袈裟に溜め息をつく。

「いや、またすぐに船が着くさぁ〜！　何隻か交代で島に上陸して休憩をとるんだよ」

そのままさらに海賊の話を聞く。ルーベンスは自分が考えていたよりも、海賊が組織だった行動をしていることを知り、歯軋りしたくなる。シラス王国の商船から奪った荷物を、サリン王国のザリ港や、カザフ王国の港に運んで売り飛ばしているのだ。

しかし、どう観察してもこの島では、水や食料の補給や、ちょっとした休憩をとっているだけで、本拠地だとは考えられない。

（海賊の本拠地を調べたいが……そんなのを海賊が教えてくれる訳も無いしなぁ……）

ふと、ルーベンスは床にモップをのろのろかけている酒場女達なら何か知っているかもしれないと思いついた。

（海賊達も女には自慢話をするかもしれない！）

酒場女達は首からネックレスなどをじゃらじゃらぶら下げていたので、懇ろな相手がいそうだとルーベンスはニヤリと笑う。

「まぁ、部屋に戻っても寝るだけだしなぁ！　別嬪さん方、何か好きな曲でも弾きますよ」

客もいないからと掃除をさせられて腐っていた酒場女達は、それぞれお気に入りの曲をリクエストした。

「お爺ちゃんは、どんな曲でも知っているのねぇ」

掃除を終えた女達に囲まれたルーベンスは、お酒を奢って、わいわいと楽しむ。宿屋の主人は、年寄りなのに女好きな爺さんだと呆れたが、これで島に居ついてくれたら御の字だと、肩を竦める。

ルーベンスは宿屋の主人の視線に気づき、内心で女好きではないぞ！　これは海賊の本拠地を調べるための策なのだ！　と抗議していたが、酒場女にもてはやされて鼻の下を伸ばしているようにしか見えなかった。

師匠が酒場女達に囲まれて、陽気に騒いでいるとも知らず、フィンはウィニーと島々の上を飛んでは、この島にもいないと溜め息をついていた。

『ねぇ、海水浴して帰ろうよ』

ウィニーには青い海と白い砂浜が、海水浴にピッタリだと感じられる。

『うう～ん、海水浴はしたいけど、プリンストン号に戻って許可をもらわないとね。それに、竜を島民達が怖がるかもしれないし』

フィンも、海水浴したら気持ちいいだろうなと心が惹かれるが、勝手な真似はできないと自制して、プリンストン号へ戻る。

「ここら辺はサリヴァンから近いので、ルーベンス様はいないとは思っていました」

海図にチェックを入れながら、グレンジャー団長が頷く。

「それより、島民はウィニーに気づかないのですか？」

フィンは、基本は空から探索しているし、下に降りる時は姿を消すからと、簡単そうに答える。

「姿を消す！　そんなことできるの？」

なるべくフィンとグレンジャー団長を二人っきりにさせないように、艦長室に付いて来ていたラッセルとラルフは、姿を消すだなんて上級魔法を簡単そうに言うフィンに驚き呆れる。

「あっ、ラッセルは風の魔法体系だよね、空気の隙間に滑り込むんだよ！」

途端にフィンの姿が消えて、全員が呆気に取られる。

「ほら、簡単だろ？」

パッと現れたフィンに、ラッセルは簡単じゃないよとボヤく。

「やっぱり、フィンは上級魔法使いの弟子なんだよなぁ」

圧倒されるラッセルとラルフに、フィンはその師匠が行方不明なんだけどねと、溜め息をついた。

三十二　丁度良い時に来たな！

ルーベンスは酒場女達と仲良くなって、海賊がいない時はわいわいと騒いで暮らしていた。

（どうやら、海賊達はルキナス島を本拠地にしているみたいだな）

酒場女とは仲良くなったルーベンスだが、海賊達には腹立ちしか感じないので、そろそろこの島にはうんざりしてきた。

週に数日、海賊が補給を兼ねて島に上陸して大騒ぎをするのだが、我慢の限界に達していたのだ。

上級魔法使いのルーベンスには、酒場にいる海賊どもを一網打尽にすることぐらい容易いが、それでは本拠地を叩けなくなってしまうと堪えている。しかし、ルーベンスは元々我慢強い性格ではない。

「サリヴァンへの船は来ないのか？」

港まで尋ねに行ったが、あと半月は来ないと聞いてガックリする。苛立ちをまぎらわそうと、風景だけは昔と同じ、のんびりとした海岸を散歩していたら、突然、風に砂が舞い上がった。

「師匠！　こんな島にいたのですね！」

声と共にパッと姿を現したフィンに、ルーベンスは驚いたが、海賊達には辟易していたので、丁度いいタイミングだと笑った。

「何故、お前がここにいるのだ？　まぁ、そんなことは後で聞こう！　この島は海賊のねぐらになっている！　荷物を纏めてくるから、ここで待ってなさい！」

　フィンが呆気に取られている間に、ルーベンスは年寄りとは思えない早足で宿屋に戻り、荷物を肩に担いで出て来た。

『さぁ、ウィニー！　船に連れて行っておくれ！』

　ウィニーに跨がり上空に舞い上がると、フィンにどの客船で来たのかと尋ねる。

「ええっと、客船じゃなくて……サザンイーストン騎士団のプリンストン号なのです……。師匠が行方不明だと、王様や王太子が騒いで、探しに来たんですよ……」

　よりによってサザンイーストン騎士団に関わらなくてもと、ルーベンスは文句をつけたくなったが、海賊の本拠地の捜索には丁度良いかもしれないと考え直した。


「ルーベンス様、ご無事で良かったです」

　プリンストン号の甲板に舞い降りたウィニーに、ルーベンスが乗っているのに気づいたグレンジャー団長は、にこやかに歩み寄る。

「何だって、サザンイーストン騎士団が私を探したりするのだ」

　フィンは師匠の荷物を担いで、部屋へ案内するグレンジャー団長の後ろを付いて行きながら、さっき丁度良かったと喜んでいたくせにと内心で文句を言う。

「私の部屋をルーベンス様に提供いたしましょう」

艦長室を譲るというグレンジャー団長に眉を顰めて、ルーベンスはフィンと同じ部屋で良いと言い張る。

「フィン君は、ラッセル君とラルフ君と一緒に狭い部屋を使っているのですが……」

優遇しようとしているのに頑固な爺さんだと、内心で毒づいたが、グレンジャー団長はルーベンスの気儘な性格に逆らわないことにする。

フィンもいつもの旅で安宿に泊まるのに慣れているので、師匠が一人増えても、ハンモックが一つ増えるだけだと気にしないで荷物を運んだが、ラッセルとラルフは上級魔法使いと同室で寝るのかと戸惑っている。

「それより、グレンジャー団長には重大な話がある」

師匠が艦長室に籠もってしまったので、フィンはウィニーの様子を見に甲板に上がった。

『ウィニー、シラス王国の人気のない海岸なら海水浴してもいいかもね』

外国では竜は恐れられているから無理だと言われたウィニーは、早くシラス王国に帰ろうと帆に風をバンバン送る。

「ひぇえ～！　帆が破れちまうよ～」

乗組員達が悲鳴を上げたので、フィンは慌てて、ウィニーにもっと風を緩めるようにと注意した。

『だって、早く海水浴がしたいんだよ～』

フィンは、だったら周りの海に飛び込めば？　とウィニーに提案するが、浜辺でお昼寝もしたいんだと、意外と注文が多い。

『そうだよねぇ。折角、南の海に来たんだから……無人島ならいいんじゃないかな！』

ウィニーに甘いフィンは、竜を怖がるから人がいる島は駄目だけど、無人島なら国外でも大丈夫だろうと考える。

師匠を無事に見つけて、気が緩んでいるのだ。

「ねぇ、ラッセルとラルフも一緒に海水浴に行かない？」

帰りは上級魔法使いと同室かぁと、気分が重くなっていた二人も、暑い日差しの下でウィニーと海水浴をするのもいいかもしれないと同意する。

グレンジャー団長とルーベンスは、海賊の本拠地の件で真剣に話し合っていたので、フィン達が勝手に海水浴の予定を立てているだなんて知る由もなかった。

「ちょっと一回りして、無人島がないか調べてくるよ！」

姿を消せるのはフィンだけなので、ラッセルとラルフは見つかると良いなと呑気に見送った。

『ねぇ、フィン！　あっちの小さな島には誰も住んでいなさそうだよ』

サリヴァンへと向かう航路を大きく外れた場所に、ウィニーとフィンは飛んでいった。

何にもない青い海の真ん中に、小さな島が浮かんでいる。

『あそこなら、どの島からも遠いし、ちっちゃ過ぎるから無人島かもね！　姿を消して、下に降りてみようよ』

ウィニーとフィンは姿を消して、小さな島に近づいて調べる。見立てどおり、人影はない。

『どう見ても無人島だね！』

ウッホホイ！　と喜ぶウィニーとフィンは、ラッセルとラルフを連れにプリンストン号に戻る。

この時、フィン達三人は、ルーベンスを無事に見つけて、目的を達成した解放感で浮かれていた。後でルーベンスに、南洋の絶海の無人島だなんて怪し過ぎるだろう！　とこっぴどく叱られる羽目になるのだが、今はまだ知らない。

あわや危機一髪という冒険が、始まろうとしていた。

三十三　これはかなりヤバいのでは？

「わぁ〜！　見事に何にもない島だね！」

ウィニーに連れて来てもらった小島の周りは、見渡す限り海だった。

『早く鞍を外してよ！』

ウィニーはフィン達が降りるや否や、鞍を外してもらって海に飛び込む。

「俺達も泳ごう！」

フィン達も上着を脱ぎ捨てると、海に駆け込んだ。

「やはり、南国の海は気持ちいいね」

ラッセルは泳ぐのも得意だし、ラルフも少しは泳げる。暑い時期の航海でお風呂にも入れなかったので、気持ちいいなぁと喜んで海水浴を楽しむ。フィンはウィニーに掴まって、海にぷかぷか浮かんでまったりとする。

ひとしきり海水浴を楽しんだ三人は、フィンが師匠に習った天罰もどきのシャワーを浴びた。その間に、ウィニーが浜辺でお昼寝を始めてしまった。

「仕方ないなぁ、ウィニーは起きそうにないよ。本当はちょっと海水浴したらプリンストン号に戻るつもりだったけど、目が覚めるまで待つしかないね」

できたら、グレンジャー団長や師匠にバレないうちにプリンストン号に戻っておきたかったとフィンは肩を竦める。

「この島なら一周できそうだよね」

ウィニーがお昼寝から目覚めるのをぼんやり待つよりは、島を探索しようとラッセルとラルフが言い出した。

フィンが師匠を探してウィニーで島々を飛び回っている間も、プリンストン号の乗組員達はマストに登って帆の調節をしたり、甲板掃除をしたりと忙しく働いていたが、お客様扱いの二人は違う。

ラッセルは風を帆に送り込んだり、騎士見習いの武術訓練に参加したりと、そこそこ運動をしていたが、ラルフは海図の読み方を習う程度で退屈していた。

波打ち際をバシャバシャ歩くのは気持ちが良さそうだし、小島をぐるっと回って戻って来る頃にはウィニーも起きているだろうと、フィンも同意して出発する。

「へぇ～！　あっちには崖があるみたいだね！　一周はできないかな？」

浜辺を歩いていくと、崖が見えてきた。崖の下の砂浜は波の下に沈んでいる。

「こうして見ると、結構高いよね。上からはずっと砂浜があるように見えたけど」

注意深いラルフは崖があるのには気づいていたが、空からはそう大した高さには思えなかったし、浜辺が途切れているとは知らなかったので驚いていた。

「いや、俺も空からは砂浜が続いているように見えた。きっと干潮だったんだよ～。崖の下は洞窟になっているみたいだよ」

フィンは満潮で水が流れ込んで来て、砂浜が途切れちゃったんだと言う。

「どうする？　もと来た浜辺に戻ろうか？」

級長のラッセルは慎重だったが、南の島の太陽の下で、元々落ち着きのないフィンはもちろん、ラルフも楽天的になっていて「前に進もう！」と言い出した。

「まぁ、また海水に浸かっても、フィンにシャワーを出してもらえばいいだけだしね」

ラッセルも級長としての慎重さを脱ぎ捨てて、崖の下をジャブジャブと歩く。

ふとフィンが立ち止まって、二人に声を掛ける。

「ねぇ、この洞窟って、どこまで続いているのかな？」

海面が反射する光によって青く染まって見える洞窟が、どこまで続いているのか気になって仕方がない。

「ええっ！　洞窟探検するの？」

ラルフは崖の下の海を渡って向こう側の砂浜まで歩くのは気持ちが良さそうだし、一周することには賛成だったが、洞窟を探検する気にはなれない。

「だって、こんな洞窟には海賊のお宝が隠されているかも！」

ヤン教授に貸してもらった本の中には冒険小説もあったので、フィンはそれを思い出しておどけた。

「そういえば、私もそんな冒険小説を読んだことがあるよ！」

ラッセルも同じ小説を読んだとはしゃぎ出す。

「馬鹿馬鹿しい！　そんな訳無いだろ！」

ラルフもその小説の内容を知っているが、荒唐無稽（こうとうむけい）なお子さま向けの物語だと馬鹿にていなかった。

そういえばそうだ！　ラッセルとラルフは、ウィニーを見るまで竜がいるだなんて信じていなかった。

「でも、竜は本当にいたじゃないか！　それに、海賊は実際にいるんだし！」

する。

「まぁ、ちょっとだけなら探検してもいいかもね」

ラルフが折れたので、フィンとラッセルは喜んで洞窟探検を開始する。

「真ん中は結構深そうだから、端(はし)を歩こうよ！」

ラッセルは級長として、探検の指揮をとる。三人とも、洞窟がそんなに深いとは考えていなかったし、ましてや本当に宝物が隠されているとは思ってもいなかった。

「ねぇ、そろそろ引き返そうよ〜。暗くなってきたよ」

ラルフは洞窟が思いがけず深かったので、怖くなった。

「大丈夫、あと少しで行き止まりだよ！　そしたら帰ろう！」

先頭を行くラッセルの言葉で、なら行き止まりまで探索しようとラルフも足を進める。

「ちょっと待って！　この洞窟は行き止まりだけど、あの洞窟は先がありそうだよ」

どこにそんな洞窟が？　とラッセルとラルフはフィンが指差す方向を眺める。

「ええっ！　二人には見えないの？」

フィンは水深(すいしん)が深くなっている洞窟の真ん中をジャブジャブ突っ切って、反対側の壁に手を差し入れる。

「ほら！　こんなに大きな洞窟なのに、見えないの？　じゃあ、何か魔法が掛けてあるんだね」

ラッセルとラルフも反対側に来て、フィンの手が壁の中に入っているのを見て驚く。

「これは本当にヤバいのでは？」

ラッセルが止めようとするのを振り切って、フィンは前に進む。フィンには洞窟に掛けられている目くらましの魔法が見えた。

「この魔法の波動は前に見たことがある！　あいつがお父さんの棺を隠していた時の波動だ！」

ラッセルとラルフは、今まで見たことがないような真剣なフィンの表情に驚いて、黙って後ろに付いて壁にしか見えない所へと足を進めた。

隠されていた洞窟は、少し小高くなっていて、大潮になっても海水に浸かりそうにない。

そこには、箱が何個も積んであった。ラッセルとラルフは、箱の蓋を持ち上げて驚きの声を上げる。

「わぁ！　本当に海賊の宝物が隠してあったんだ！」

「これはシラス王国の金貨だな！　海賊どもめ！」

ラッセルとラルフは海賊の宝に夢中だが、フィンは見向きもせずに真剣に魔法の波動を調べている。

　最初ははしゃいでいた二人も、フィンの様子が変なのが心配になり、声を掛ける。

「フィン、何かあったのか？　お父さんの棺がどうのこうのと言っていたけど……」

　憎むべきゲーリックの魔法の波動を感じて神経が高ぶっていたフィンは、怒りのままに言葉を吐き出した。

「これは、カザフ王国の魔法使いゲーリックが隠した宝物だ！　あいつは、俺のお父さんを殺して、同じようにカザフ王国に棺を隠していた！　お父さんの亡骸を使って、防衛魔法を無効化させ、シラス王国に侵攻するつもりだったんだ！　今度は海賊をけしかけて俺達の国の船を襲ってる！　あんな奴を許しておけない！」

　激昂して今まで隠していたことを叫んでしまったフィンは、ハッと我に返ると、呆然と自分の顔を眺めている二人を見て、あちゃぁ～！　と頭を抱える。

「フィン？　お父さんの亡骸で防衛魔法が無効化できるって、どういうこと？　もしかして防衛魔法を掛けたアシュレイと同じ血が流れていることが関係あるのか？　やっぱり君はアシュレイの子孫なんだね！」

　ラッセルは、フィンの最も重大な秘密を、青い顔をして確認した。

「カザフ王国に、そんな恐ろしい魔法使いがいるだなんて！」

　王宮に仕える叔父を持ち、自分も将来はシラス王国のために仕える決心をしているラルフは、他国の魔法使いがこんなにも暗躍しているのにショックを受ける。

シラス王国以外の国では魔法使いの地位は低く、正式な教育機関などもないので、大したことはないと高を括っていたのだ。

「やっぱりって、何のことかな……」

口ではごまかそうとしながらも、このまま隠し通すのは無理だと半ば諦めながら、フィンは宝物の箱の上に座り込んだ。

三十四　本当にマズいよ！

フィンは海賊の宝箱の上で、二人にどう説明しようかと考えこむ。

すると、先にラッセルが口を開いた。

「君がアシュレイの子孫ではないかと、私達は前から考えていたんだ。だって、カリン村の桜の妖精が竜の卵を孵らせたんだろ？」

やはりバレていたのだと、フィンは深い溜め息をつく。

「ファビアンが竜の卵をもらったのは、もしかしてアシュレイの傍系だから？」

フィンがちょこちょこ口を滑らせたのを、ラッセルとラルフは聞き覚えて、推測していたのだ。

「……初代レオナール卿に、俺の祖先が嫁いだんだ」

フィンは、ごまかせる状況ではないし、いずれ教えるつもりだったので、少し早いけど仕方ないなと認める。

「やっぱり、フィンはアシュレイの子孫なんだね！」

ラルフは感慨深くフィンを見つめる。

「ラッセル、ラルフ！　お願いだから秘密にしてね！　俺があのアシュレイの子孫だなんて、他の人には知られたくないから……だって、落ちこぼれなのに恥ずかしいだろ」

ラッセルとラルフは、卑下するフィンの肩を掴んで揺さぶる。

「フィンは落ちこぼれじゃないよ！」

「今までも落ちこぼれじゃなかったし、その上アシュレイの子孫なんだから、そんな卑屈な言葉を言ったら許さないぞ！」

フィンは二人から怒鳴りつけられて、落ちこぼれだなんて二度と口にしないと約束させられた。

「それより、この宝物どうしよう？　ここに置いたままにして、騎士団に罠を仕掛けてもらおうか？」

箱の蓋を開けて、ジャラジャラと金貨を指ですくいながら考える。

「この場所に罠を仕掛けるのはいいとしても、この金貨はシラス王国の海賊の被害に遭った人達に配りたいな。サザンイーストン騎士団の取り分になるのは、避けたいし……」

サザンイーストン騎士団は、航海中に発見した宝物の所有権を主張しそうだと、ラッセルは眉を顰める。

「船の持ち主の商人にもある程度の額は返さなきゃいけないけど、被害者の救済に回したいな」

ラルフは、海賊の襲撃で亡くなった人の遺族に配りたいと言った。

「ねぇ、ここにはサザンイーストン騎士団は来てないんだし、発見者は俺達だよね！　俺としては、海賊の被害者に配りたいと思うけど、これって法律違反なのかな？」

三人の中で一番貧しいフィンが被害者に配りたいと考えるなら、貴族のラッセルや、豊かな商人の家で育ったラルフに異議はない。

「法律的にどうかはわからないけど、これをプリンストン号に持って行ったら、きっと権利を主張されるよ」

ラッセルも詳しくは知らないが、海賊討伐などの褒賞金のシステムで、一定の距離内だと分け前がもらえるとサザンイーストン騎士団員の親戚から聞いたことがある。

「なら、この金貨をルーベンスの塔に送ったらいいんだ！　法律的にどうかは、師匠やヘンドリック校長に任せたらいいよ」

「でも、ここに罠を仕掛けてもらうってことは、金貨がないと説明がつかないよ」

三人であーでもない、こーでもないと話していたが、突然ラルフが声を上げた。

「ちょっと、静かにして！」

ラルフは物音がすると言って、フィンとラッセルの口を塞いだ。

確かに、洞窟の中に何人かが入って来る足音が聞こえる。

「ねぇ、これって本当にマズいよ！　海賊達と鉢合わせだよ！　ラッセル！　風の攻撃魔法は使える？　俺は防御魔法しか教えてもらってないんだ」

慌てるフィンに、ラッセルは戦うより、ここが見つかっていないと海賊に信じさせる方が良いと小声で説得する。

「姿を消せば……駄目だよね！　こんな狭い場所だと、ぶつかったらバレちゃうもの」

ラルフはパニックになっているフィンに、移動魔法で外に出られないかと尋ねる。

「ああ、それなら出来そうだよ！　二人とも俺に掴まって！」

二人を自分にしっかりと抱きつかせると、フィンは浜辺でのんびりお昼寝をしているウィニーを強く思い浮かべて飛んだ。

『何だよ！　痛いなぁ！』

気持ち良く昼寝をしていたところに、フィン達三人が落ちてきたので、ウィニーは不機嫌な声を出した。

『シッ！　海賊がこの島にいるんだ！　まだウィニーは見つかっていないけど、姿を消して！』

ウィニーは驚いて姿を消したが、ラッセルとラルフは消せない。

「ちょっと嫌かもしれないけど、俺に掴まっていて！　そうしたら姿を消すことができると思うよ」

海賊に見つかるぐらいなら、男同士でくっついている方がマシだ。

『空に逃げたらいいのに……』

汗をかきながらくっついているフィン達に、ウィニーが呆れて言ってくるが、姿が見えないので鞍が付けられないよと言い返す。

フィンは憎いゲーリックがいたらと、こっそりと探索の網を広げるが、それらしき反応はなかった。

「チェッ！　今回はいないみたいだな……もう、大丈夫だよ！　海賊は行っちゃったみたいだ」

姿消しの技をスッと解いて、三人はやれやれと砂地に座り込んだ。

「ねぇ、フィン！　もう正直にルーベンス様とグレンジャー団長に話そうよ」

ラッセルもラルフも、結局サザンイーストン騎士団が海賊に罠を仕掛けるのだから、好きにさせれば良いと思い始めていた。

「そうだね、師匠はきっと海賊の被害者にも分配するように主張してくれるよ」

海賊に関わるのはもう懲り懲りだとぐったりした三人は、ウィニーとプリンストン号へ戻った。


その後三人は、ルーベンスとグレンジャー団長に、考えなしの行動をするなと、厳しく叱られた。その件は、自分達も恥ずかしく感じていたので猛省した。

しかし、海賊の宝物を見つけた件でプリンストン号の乗組員達がとても上機嫌になったのには、何となく納得できない。

「でも、あんなにおっかない海賊と戦うんだから、褒賞金ぐらいもらわないとやってられないのかな……」

納得し切った訳では無いが、師匠がある程度は被害者に配るようにと主張してくれたし、サザンイーストン騎士団も命がけで戦うのだからと、フィンはウィニーにもたれて呟く。

「それはそうと、フィンには聞きたいことがいっぱいあるんだよね」

「そうだよ！　あの時は海賊の宝物をどうしようかってことで忘れていたけど……」

ラッセルとラルフに迫られて、フィンが冷や汗をかいているのを、ルーベンスはまだまだ修業が足りないなと溜め息をつきながら見つめた。

三十五　お前はもっと落ち着いて勉強しなさい！

ラッセルとラルフに問い詰められているフィンに、ルーベンスが助け船を出した。

「その離れ小島にウィニーで連れて行ってくれ」

グレンジャー団長も付いて来たので、アシュレイの件は咎められなかったが、フィンはあの魔法使いのせいで冷静さを保てなかったのを後悔していた。

「なるほど、こんな離れ小島にお宝を隠していたのですね」

ルーベンスは洞窟に入った途端に、ゲーリックの魔法の波動に気づいた。

「フィン、お前はもう少し落ち着いて勉強しないといけないな！」

フィンも二度目なので、入り口で魔法の波動に気づいたが、勉強しようにも師匠が行方不明だったんじゃないか！　と内心で愚痴る。不満そうな顔に気づいたルーベンスは、拳骨をコツンと落とした。

「痛い！」

大袈裟に騒ぐフィンに、ルーベンスはさほど強く殴ってないと、文句をつける。上級魔法使いとその弟子のいざこざを無視して、グレンジャー団長は魔法で隠されている洞窟への距離などを記録した。

「私の目では、そこに洞窟があるとはわかりませんね」

しかし、防衛魔法ではないので、一度そこに洞窟があるとわかれば、自由に出入りできる。

「何故、こんな所に隠しているのかな？」

不思議そうなフィンの頭をもう一度軽くコン！　と拳で殴ると、少しは考えてみろとルーベンスは宿題を出した。


海賊の宝の隠し場所に長居は無用だと、ルーベンスはウィニーでプリンストン号へ戻るように指示したが、フィンはどんな罠を仕掛けるのか気になって仕方ない。

「ねぇ、師匠？　あいつも捕まえられるかな？」

ウィニーから降りる時に尋ねたが、ルーベンスはわからないと答えた。

「奴が常に海賊船に乗っているとは考えられない。サリン王国へは行き難くなっただろうが、他の属国からも目を離せないだろうからな」

ジェームズ王を煙草に混ぜた麻薬で中毒にして操っていたことが、チャールズ王子にバレたので、ゲーリックは表立ってはサリン王国では行動できないだろうとフィンも頷く。

「そんなことより、何故、海賊があんな場所に宝を隠しているかわかったのか？」

フィンは、師匠が出すのはやっぱり変な宿題ばかりだと唇を尖らせる。

「海賊は宝物を隠すのが習性なのかな？　物語でも海賊は宝物を隠していたもの……」

やれやれ、弟子の教育にはまだ時間がかかりそうだとルーベンスは思った。南国の島での、のんびり隠居生活は当分できそうにない。

ラッセルとラルフは、フィンにアシュレイのことやウィニーの卵が孵った桜の木のことなどを質問したくてうずうずしていたが、ルーベンスが同室なので、聞くことを諦めた。寮に帰ってから、ゆっくりと聞けばいいのだ。

「海賊があの島に宝を隠しているのは何故か？　俺だったら、金貨は自分の家に置いときたいけど……あっ！　海賊は家族とかいないのかな？」

ハンモックに揺られながらぶつぶつ言っているフィンに、ルーベンスは呆れたが、じきに静かになり寝息がすぅすぅと聞こえてきた。海水浴に加えて、姿を消す技や、魔法移動などで疲れて眠ってしまったのだ。

「フィンが、あれがフレデリック王への上納(じょうのう)金だと気づくのはいつになるやら……。もう少し勉強させなくてはな！」

この三年間で、ルーベンスにもようやく指導者としての自覚が芽生(めば)え始めていた。

宿題もしないでフィンは呑気に寝ていたが、ラッセルとラルフは、緊張してなかなか寝つけなかった。すやすや寝ているフィンを少し恨めしく思う二人だった。

小さな船室で四人がハンモックに揺られていた頃、船長室のベッドに横たわったグレンジャー団長は、どうやって海賊に罠を仕掛けるか考えていた。

「風の魔法使いがいると、上手くいきそうだ」

サザンイーストン騎士団には、何人か風の魔法使いがいる。しかし、フィンやウィニーほどの威力はない。

「長年、弟子を探していたルーベンス様がフィンを手離さないのは明らかだが……ラッセルは風の魔法体系に属しているし、優秀な騎士の素質に恵まれている。フィンは友達想いだから、ラッセルがもし入れば……」

首都サリヴァンまでの航海は、副船長に任せておいても大丈夫なので、眠れる時には眠っておこうとグレンジャーは目を瞑った。

三十六　パックにも言うべきかな？

プリンストン号は、ウィニーの魔力のおかげで、記録的なスピードでサリヴァン港に着いた。グレンジャー団長は、隠し場所が見つかったと海賊に気づかれる前に、一隻でも多く罠に掛けて拿捕したいと考えていたので、風の魔竜がいる有益性を新ためて感じる。

「海賊の宝を発見したフィン君達にも、褒賞金が出ますよ」

下船の支度をしていたフィンは、それを聞いて少し戸惑う。

「僕達は、海水浴に行っただけです。その褒賞金は、海賊の被害に遭った人達に配分してください」

グレンジャーは、貧しい農家出身でありながら欲を見せないフィンは、上に立つ素質に恵まれていると思った。

「フィン君、それは気高い心がけですが、褒賞金はもらっておきなさい。自分の裁量で使えるお金が必要になってきます。海賊の被害者にも配分されるように、ルーベンス様が王様に言われますよ」

フィンとグレンジャー団長が何やら話しているのに気づいたルーベンスは、ぼんやりしていると入団させられるぞ！　と腹を立てる。

「フィン、荷物を運びなさい」

フィンは、師匠と自分の荷物を纏めて、移動魔法でルーベンスの塔に送った。

「お前は、ウィニーと学校に帰りなさい」

ラッセルやラルフとウィニーで帰るのは問題ないが、サリヴァン港には酒場がいっぱいあるので、師匠がまた飲み過ぎるのではないかとフィンは心配だ。

「駄目ですよ！　師匠を探しに航海したのですから、ちゃんと連れて帰ります。それに、海賊の宝を被害者に分配してもらえるように、王様に言ってもらわないと」

口煩い弟子にルーベンスは腹を立てるが、グレンジャー団長にも一緒に王宮へ行きましょうと言われて、渋々頷く。海賊の本拠地がわかったので、対策を話し合う必要があったのだ。

「フィン、私達は歩いて魔法学校に帰るから、ルーベンス様とグレンジャー団長を王宮に連れて行って」

機転を利かせたラッセルの言葉にグレンジャー団長は感謝して、サザンイーストン騎士団の馬車を用意するようにと、団員に伝える。

『じゃあ、ウィニー！　王宮まで師匠とグレンジャー団長を送って行こう』

プリンストン号から王宮まではアッという間だった。

「フィンは、ウィニーを竜舎に連れて行きなさい」

ルーベンスの護りは固く、フィンと話す機会すら与えない。グレンジャーは、今は海賊討伐について上級魔法使いと共に国王と話し合わなくてはと気持ちを切り替えた。

ウィニーでひとっ飛びしたので、厄介なマーベリック副団長とフィンが接触しないで済んだと、ルーベンスはホッとしていた。

しかし、秋学期になってマーベリック一族のフローレンスが入学していたとは、まだ知らなかった。後でルーベンスは、チェックが甘かったと後悔することになる。

「よしよし、ウィニー！　美味しい餌をあげるからね」

バースが長旅で疲れただろうと、ウィニーの面倒を見てくれているので、フィンはルーベンスの塔に送った荷物を片付ける。楽器をいつもの場所に置き、洗濯が必要な衣類は纏めて洗濯場に移動魔法で送る。

「王宮での話し合いがいつまでかかるかわからないし、宿題も溜まっているだろうなぁ。一旦は、寮に帰らなきゃいけないんだけど……」

フィンは師匠に出された宿題もあったんだと眉を顰める。それに、寮にはラッセルとラルフが質問しようと待ち構えているのだ。

「師匠にも話したいことがあるけど……いつまでも、ぐずぐずしていても仕方ないや！それに、マイヤー夫人に帰った挨拶をしなきゃまずいよね」

ハタと思い出して、自分の着替えなどが入った袋を肩に背負って寮に向かった。

「マイヤー夫人、帰って来ました」と言うと同時に、「お風呂に入りなさい！」と命じられる。

「やぁ、フィンもマイヤー夫人に風呂に入れと言われたんだね」

洗濯済みの着替えを持って風呂場に来たら、先にラッセルとラルフが風呂に浸かっていた。

「ウィニーをバースに預けたり、師匠の荷物を整理していたから……」

この状況はマズいなぁと、フィンは手早く身体を洗って風呂場から出ようとしたが、後で部屋に行くと言われて、腹を括って湯船に浸かりなおす。どうせ質問攻めに遭うのなら、ゆっくり汚れを落としてリラックスしたい。

(ラッセルとラルフには竜の卵を渡すつもりだったから、いずれは教えなきゃいけなかったよね。後一つはパックにあげたいけど……)

フィンは、アンドリューが王子でなければ、竜をあれほど愛しているのだから、卵をあげたいと思って決心が揺れ動いていた。しかし、やはり王族に自分の祖先を公(おおやけ)にする気にはなれない。

ぼんやり考えていると、のぼせそうになったので、入浴を切り上げる。

「パックにも言うべきかな？」

服を着ながら、どうせなら一緒に話そうとフィンは考えた。パックの実家はカザフ王国との国境に近く、竜を与えることは戦略的にも有効なのだ。でも、それより友達として信頼できることの方が、フィンには重要に感じられた。

三十七　フィンの秘密

「やっぱり、お風呂に入るとさっぱりするなぁ」

お風呂から出て自分の部屋で寛いでいたフィンだが、やはりそのままでは済まされなかった。ラッセルの部屋に引っ張られていく。

「フィンの部屋では狭いからね。それに、入室禁止の札を掛ければ、私の部屋なら誰も邪魔はしないから」

級長のラッセルの部屋は二階の角部屋で、寝室とは別に簡単な応接セットが置かれた居間が付いている。問題を起こした生徒や、悩みがある生徒と話し合うためだ。

ラッセルがドアのノブに赤い札を掛けようとするのを、フィンは「少し待って！」と、止めた。

「ラルフなら先に部屋に来ているよ」

不思議そうな顔をしたラッセルだが、授業が終わったパックにフィンが手を振って呼び寄せているのを見て、納得する。入学時から、フィンと一番気が合って、仲良くしているのがパックだからだ。

「やぁ！　三人とも帰って来たんだね！　ルーベンス様は見つかったんだんだろ、どこにいたの？」

パックは、フィンが師匠を探しに行くのには納得したが、何故、ラッセルとラルフが一緒に出かけたのかは、理解できなかった。何となく仲間外れになった気持ちで、学校生活を送っていたのだ。

「パック！　兎に角、一緒に来て！」

フィンはパックを、ラッセルの部屋に連れ込む。

「ラルフ、ラッセル？　航海の話なら、皆も聞きたがるよ。談話室で話しちゃいけないのか？」

ラッセルが黙って、パックとフィンをソファーに座らせた。

「何？　まさか、ルーベンス様が見つからなかったの？」

上級魔法使いが行方不明のままだなんて大変だ！　と騒ぎかけたパックも、どうも様子がおかしいと気づいて口を閉じる。

「フィン？　パックを連れて来たということは、秘密を打ち明けるつもりなんだろ」

ラルフに、往生際が悪いと呆れられるが、いざとなると言い出しにくい。

「何？　秘密って？」

フィンは、赤い髪の親友に、自分の秘密を打ち明ける勇気を振り絞る。

「あのう、凄く変な話なんだけど……俺の祖先は……多分、アシュレイじゃないかなぁ……」

最後は蚊の鳴くような声になったが、パックは目を真ん丸にして驚いた。

「フィンはアシュレイの子孫なの！　あのアシュレイ……」

ラッセルに、声が大きいと口を押さえられて、もごもごと抵抗する。

「シィイ～！　これは、秘密なんだよ！　大声を出さないかい？」

ウンウン！　と頷いて、解放してもらったパックは、改めてフィンが上級魔法使いの弟子になったことに合点がいった。

「フィン！　やっぱり並の魔法使いじゃないと思っていたよ」

過大評価にフィンは慌てる。

「そんなぁ！　俺が落ちこぼれだったのは、パックが一番よく知っているだろ。それに、今でもラルフやラッセルみたいに優等生ではないし……お願いだから、この件は内緒にしてね！」

フィンが「落ちこぼれ」と言ったことに、パックは腹を立てて立ち上がりかけたが、すぐに「だった」と過去形にされたので、落ち着いて座り直す。それに、今でもフィンが古典を苦手にしているのは事実だ。

「秘密にはするけど……秘密にする必要があるの？　だって、凄いじゃないか！　あのアシュレイがご先祖様だなんて、俺だったら誇りに思うよ！　それに、国王陛下にも内緒なの？」

秘密にしてと頼まれて承知はしたが、パックはこんなに重大なことを知らせなくていいのかな？　と特に王室に近いラッセルに問いかける。ラッセルは叔母が王太子妃になるほどの名門貴族なのだ。

「お願い！　王様にも言わないで！」

真剣に頼むフィンに、ラッセルは自分からは絶対に口にしないと誓う。ラルフも、同じく誓い直した。

「地方の貴族の私は、黙っていても問題にならないけど、中央の貴族のラッセルや王宮魔法使いになるラルフは、後でバレたらややこしくならない？」

パックが自分達を心配しているのに感謝したが、二人は上級魔法使いになるフィンの頼みを優先する覚悟を決めていた。

それに、単純にアシュレイの子孫だと知られたくないと考えているフィンとは違い、それを知ったら利用しようとする人々がいることを理解していた。

「フィンがアシュレイの子孫だと知れたら、大騒ぎになってしまう。だから、秘密にしておいた方がいいんだよ」

自分より中央の事情に詳しいラッセルがそう言うならそうなんだろうと、パックは引き下がる。

「ごめんね！　もし、ラッセルやラルフが面倒なことになったら、俺が頼んだからだと言って。謝りに行くから」

二人は、フィンが謝る必要はないし、上級魔法使いの弟子に謝りに来られたら驚愕するだろうと笑った。

これでパックにも秘密を打ち明けられたと、ホッとしたフィンだが、ラッセルとラルフには質問したいことがまだいっぱいあった。パックも参戦したので、フィンはへとへとになるまで三人の質問に答え続けた。

「あっ！　夕食の時間だよ」

食事の時間を示す鐘の音が今日ほど嬉しく耳に届いたことはない。

聞きたいことの半分も答えてもらってないと、三人は不満げだったが、成長期の男の子のお腹は正直だ。鐘につられてぐうぅ～と鳴る。

「また、おいおい聞けばいいさ！　さぁ、ご飯を食べに行こう！」

パックが先頭になって、食堂へと駆け出した。

「廊下を走ってはいけません！」

マイヤー夫人に注意されて、四人は神妙に謝る。しかし、お腹はぐぅぐぅと鳴りっぱなしだ。

「早く食べてきなさい！　まるで、私が食べさせていないみたいではありませんか」

もう行きなさいと許可されて、四人揃って食堂へ急ぐ。もちろん走ったりはしないが、マイヤー夫人からは早く遠ざかりたいと思ってしまうのだ。

三十八　ダブルAには敵わない！

寮の食事は美味しいし、栄養も満点だ。航海中は質素な食事だったので、三人は周りの生徒達に差し障りのない範囲で航海中の話をしながら、ぱくぱくと食べた。

食事を終えた後は、デザートを食べながら、仲の良いメンバーで集まる。

「学校を休んで、サザンイーストン騎士団と南の海を航海するだなんていいなぁ」

少し羨ましそうな声も上がった。

「君達が航海で、授業を休んでしまった分の宿題はこれだよ」

級長代理をしてくれていたリュミエールから留守中の宿題を書いた紙をもらっても、級長のラッセルと優等生のラルフは平然としていたが、フィンは驚く。

「ええっ〜！　こんなにぃ！　師匠からも、また変な宿題が出ているのに」

羨んでいたメンバーも、フィンの悲鳴にクスクス笑う。

「フィン、この学期で初等科が終了するから、期末試験までに先生方もスパートをかけているんだよ」

ラッセルの説明にピンときていないようなので、リュミエールが補足する。

「一応、初等科で学習する範囲はヤン教授が決めている。でも、先生によっては自分の好きなところを長々と授業したりして、範囲まで到達してない科目もあるだろ。それで、授業を進めるスピードが上がったのさ」

フィンは宿題を見直して、歴史、古典は特に多いと溜め息をつく。歴史は、ばっさばっさとハイスピードで進んでいるみたいだ。

「旧帝国の分裂で時間を取り過ぎたからだよ。何故分裂したかだなんて、歴史学者の数だけ説があるからねぇ」

「まぁ、期末試験の勉強だと思って、宿題をしたらいいんだよ」

ラッセルとラルフは優等生だから、そんな気楽なことを言っていられるんだと、フィンは大きな溜め息をついた。

「あのう、ちょっとよろしいでしょうか?」

上級生達が話しているテーブルに下級生は割り込まないのが、暗黙(あんもく)のルールだ。しかし、二年生と一年生の級長が揃って声を掛けてきた。何か大事な話があるのだと悟ったラッセルは、続きを促す。

「やぁ、二人揃って何事だい？」

一年の級長のルパートは、二年の級長のユリアンに話を任せる。

「今年の初雪祭の出し物ですが、初等科全体で歌劇をしては如何かと思っているのです。一学年ごとの女子生徒が少ないので、初等科を合わせたらいいのではと、ルパートと話していました。合同で出し物をしませんか？」

そういえば、航海で忘れていたが、初雪祭の出し物の練習を始める季節なのだ。ラッセルと下級生が話しているのを、フィンは女装させられないのならどちらでもいい、と思って聞いていた。

「皆の意見を聞かないとハッキリした返事はできないが、多分誰も反対しないと思うよ」

二人はパッと顔を綻ばせると、後ろで様子を窺っていた下級生達に合図する。

「やったぁ！」とアンドリューの歓声が食堂に響く。

「面白そうね！」というアイーシャの声と、女子学生の嬉しそうな声が聞こえた。

フィンは、アイーシャが寮の生活に馴染めているのかな？　と少し心配していたので、女の子達ときゃぴきゃぴしているのを見て、安心した。我が儘な王女様だが、悪い子ではない。その楽しそうな笑顔を見て、フィンも微笑んだ。

「へぇ！　初等科で合同で出し物をするのか？」

他の三年生達も面白そうだと言って、反対する生徒も無く可決された。

こうして、初雪祭にはロマンチックな歌劇『サリヴァンの恋人』をすることになった。

主役の恋人役は、アンドリューとアイーシャだ。貴族の生徒達は、二国の王子と王女がいずれは許嫁になると知っていたので、主役を譲った。これで、二人の仲が進展すれば良いと思っていたのだ。

しかし、そう上手くは行かないのが現実だ。

「誰が、一緒に初雪祭の出し物をしようなんて言い出したんだ！」

初雪祭の練習は、主役のダブルAの我が儘に振り回されていた。

ラッセルは三年生の級長として、自分が簡単に承知したことを猛烈に反省していたが、今更別の出し物なんて準備できない。

ちなみに、ダブルAとはアンドリューとアイーシャの頭文字を取った呼び名である。

「アイーシャ、舞台に馬を上げるのは無理だよ〜」

乗馬のシーンは、馬の被り物をした生徒の背中に乗るはずだったのだが、アイーシャが馬鹿みたいに見えると文句をつけていた。

「私なら、馬も上手く扱えるわ」

必死に宥めていると、今度はアンドリューがグラウニーを飛ばそうと言い出す。

「ほら、この鷹を飛ばすシーンに、グラウニーを使えばいいと思うよ。グラウニーなら、恋人に手紙を間違えずに渡してくれるよ」

鷹なら王宮には何羽でもいるはずだ！　と怒鳴りたくなるのを我慢して、ラッセルは穏やかに言い聞かせる。

「グラウニーは、もう肩に乗せるには大き過ぎるよ」

「そっかぁ！　肩には乗せられないなら、犬が悪男爵を追いかけるシーンで使えるなぁ。犬が悪役の生徒のお尻を噛んだら問題だけど、グラウニーならそんなことしないからね！」

段々と、歌劇なのか動物サーカスなのか、わからなくなってきたが、フィンはリュミエールに猛特訓させられていて、それに突っ込んでいる暇はなかった。

「フィン、この『サリヴァンの恋人』の曲だけど、魔唄で演奏できないかな？　場面転換の間、楽しそうな回想シーンを入れたいんだ。そうしたら、この後の悪男爵に引き裂かれる恋人達の悲劇が引き立つと思う」

ロマンチックな恋愛歌劇が、ドタバタな喜劇にならないように、音楽監督のリュミエールはビシバシと要求を突き付けてくる。

「乗馬で出会うシーン、二人でダンスするところを魔唄にして欲しい」

フィンは、これは師匠に教えてもらわないと無理だと思ったが、気が進まない。真っ当な宿題に追われて、まだ師匠に出された変な宿題ができてないのだ。

「あのう、私の唄の伴奏ですけど……」

主役の女友達役のフローレンスが、リュミエールとフィンにおずおずと近づいて来た。

金色の髪と青い瞳の華奢な下級生に、リュミエールは親切に笑顔で対応する。

「フローレンスは、とても綺麗な声をしているよねぇ。伴奏が歌いづらいの？」

フィンは劇の練習で初めて接点を持ったが、主役のアイーシャより歌が上手いと感心していた。とはいえ、アンドリューの我が儘に対応できる女子生徒はアイーシャの他にいないし、二人は何となくカップルとして扱われているので、主役交代は現実的な話ではないのだが。

「いいえ、とんでもないです。リュミエールさんもフィンさんも上手い伴奏です」

リュミエールとフィンは、魔法学校では『さん』付けはしなくていいよと笑った。

「じゃあ、何？」

フィンが尋ねると、フローレンスは真っ赤になる。リュミエールは、上級魔法使いの弟子に伴奏のダメ出しはしにくいだろうと、肩を竦めた。

「あのう……悪男爵に、二人の居場所を教えるシーンなのですが……もう少し、トーンを抑えて欲しいのです。嫌々、白状するのですから」

フローレンスが演じるのは、家の借金を払うために、悪男爵に主役二人の居場所を教えてしまう友人役だ。

仕方なく友人を裏切る気持ちを唄で表現するのだが、今の伴奏は男爵に知られてしまったという衝撃を劇的に強調するものになっていた。

フローレンスの提案に、確かにそうだと二人は頷く。

「そうだねぇ！　フローレンスの言う通りだ。君が白状するシーンはトーンを落として伴奏しよう。それで、悪男爵が二人の居場所を知ったぞ！　と追手(おって)をかけるシーンで盛り上げるよ」

上級生に出過ぎた真似をしたかもしれないと、緊張していたフローレンスが、胸の前で組んでいた指をほどき、ホッとして微笑む。

フィンは、その仕草(しぐさ)が可愛いなぁと思った。

三十九　フローレンス・マーベリック！

フィンは師匠の出した宿題がまだできていなかったので、『サリヴァンの恋人』の魔唄を教えてもらう心境にはなれなかったが、リュミエールにせっつかれた。

「ええっ！　まだ教えてもらってないの？」

普段は穏やかなリュミエールだが、音楽監督としては厳しい。もちろん女の子には紳士的な態度で、もう少し伴奏と合わせて！　と言う程度だが、男子にはビシバシ指摘する。

あのアンドリューにも、練習不足だ！　と怒鳴りつけたのには全員が驚き、溜飲(りゅういん)を下げた。彼の我が儘に振り回されてばかりだったからだ。

「だって……海賊が宝物を隠す理由なんて、わからないんだよ……」

海賊が宝物を隠すのと、魔唄を習うことがどう関係するのかリュミエールには訳がわからなかったが、答えはわかったのでさらりと言う。

「海賊が宝物を隠すのは、それを献上するからだろ？　カザフ王国が、私掠船の許可を出しているのだから、フレデリック王に献上する必要があるのさ。えっ、まさか知らなかったの？」

リュミエールは、王が海賊の上前をはねるのは常識だろうと言う。

「そんな！　じゃあフレデリック王は海賊から金貨を献上されているのか！」

今更何を怒っているんだろうと、リュミエールは呆れる。そして、サリヴァンの貴族の常識が、農民出身のフィンにはゴソッと抜けているのに気づいた。

「フィン？　ルーベンス様って……」

上級魔法使いを批判する言葉を口には出さなかったが、そんな常識は宿題にしないで、教えてやるべきなのではとリュミエールは思った。

ルーベンスは、螺旋階段を上ってくる足音が軽いのに気づいた。

「やれやれ、やっと答えがわかったみたいだなぁ」

これ以上は引き延ばす意味があるのだろうかと思い始めたところだったので、ホッとした。ヤン教授から聞いた、他の初等科の生徒が習う魔法の技に比べて、かなり指導が遅れてしまっていることも気になっていたのだ。

「フィンも背がにょきにょき伸びてきたし、そろそろ魔法の技を教えようかのう」

ヘンドリック校長が聞いたら激怒しそうなことを呟いていると、フィンが息を切らせて部屋に入って来た。

「師匠！　海賊の宝はフレデリック王に献上されるのですね！　あくどいよ～」

プンプン怒っているフィンは、その勢いのままサザンイーストン騎士団はどんな罠を仕掛けるのか？　と尋ねてくる。

「そんなのお前が知る必要はない！　それより、期末試験で不合格になって、中等科に進学できなくても知らないぞ。これからは、私も厳しく指導するつもりだ」

厳しくすると言ったのに「やったぁ！」と飛び上がるフィンに、ルーベンスは本当にわかっているのかと呆れる。

「だって、他の生徒は師匠に色々と技を習っているもの！　俺は、ちょっとしか教えてもらってないから」

吟遊詩人の弟子としての修業ばかりだったと口を尖らせるフィンに、ルーベンスはこの未熟者が！　と雷を落とした。

「あっ！　でも……」

折角、師匠が魔法の技を教えてくれると言い出したのに、その前に魔唄を習わなくてはいけないのだ。フィンは、初雪祭の出し物に魔唄が必要だと言い出したリュミエールが少し恨めしい。

ルーベンスは、フィンの百面相(ひゃくめんそう)を見て、ピンと来た。初雪祭の練習が始まる季節だからだ。

「あのう……」

言い出しづらそうなフィンを、ソファーに座ったまま眺める。素直という言葉には最も縁遠(えんどお)いのがルーベンスだ。弟子が困った顔で、魔唄を教えて欲しいと頼んでくるのを楽しむ。

「そうかぁ、お前がそう言うなら仕方ないなぁ。技を教えようと思っておったのじゃが……ほら、竪琴を持ってこい！」

自分から頼んだものの、重い足取りで竪琴を取ってくるフィンとは違い、ルーベンスはポロン、ポロンと竪琴を爪弾きながら浮き浮きしていた。

「『サリヴァンの恋人』かぁ！　アンドリューとアイーシャが主役なのか？」

二人の縁談騒動に巻き込まれるのが嫌で南の島に逃げ出したくせに、上手くいっているのかと、気になっているのだ。

「ダブルAには振り回されていますよ。アイーシャは馬を舞台に上げたいと言い出すし、アンドリューはグラウニーを犬の代わりにすると言っています。このままじゃあ歌劇ではなく、ドタバタ劇になっちゃうよ」

ルーベンスはけたけた笑う。自分には関係ないので、初雪祭の出し物が悲惨な結果になろうと、痛くも痒くもない。しかし、吟遊詩人としての習性で、出演者の歌の出来が気になった。

「それで、アンドリューやアイーシャは歌が上手いのか？　あまり下手なら役を変えた方が良いぞ」

今更役の変更は出来ないと、フィンは肩を竦める。

「まぁ、本当ならアイーシャより、フローレンスの方が歌は上手いけどね……でも、我が儘なアンドリューの相手なんて可哀想だよ……師匠？　どうかしたの？」

笑いながら竪琴を爪弾いていたルーベンスが、妙な顔をして弾くのをやめた。

「今、お前はフローレンスと言ったか？　まさか……あやつの甥の娘の名前は……何と言ったかのう？」

空を眺めていたが、ハッとして立ち上がる。

「フローレンス・マーベリック！　フィン、その女はマーベリック一族だ。あの一族には関わってはいけない」

フィンは、あの可愛いフローレンスが師匠の一族なのかと驚いたが、今更そんなことを言われてもと抗議する。

「今年の初雪祭は、初等科合同で出し物をするんだよ。一年生のフローレンスとも練習では一緒だもの……それに、彼女は……」

「兎に角、必要以上に近づくな！」

フィンは上級生にも自分の考えを言うフローレンスに好意を持っていたので、近づくな！　と言われて困惑する。

（しまった！　私が留守にしている間に、一族の女を入学させたのか！）

まだ一年生なら、フィンを押し倒したりはしないだろうが、油断はできないとルーベンスは眉を顰める。自分の一族の野心の強さは、嫌というほど知っている。

「お前の伴奏がちゃんとしているか不安だ。一度、練習を見に行かなくてはなぁ」

フローレンスを見に行くつもりなのは明白だが、それ以上にフィンは皆の前で師匠に駄目出しされるのか！　と嫌になる。

「ええっと、師匠が練習を見学に来たりしたら、皆緊張しちゃうよ」

あたふたと止めるが、弟子の言うことに聞く耳を持つルーベンスではなかった。

四十　初雪祭の練習は大変だぁ！

普段はルーベンスの塔に籠もって、姿を滅多に見せない上級魔法使いが、初等科の初雪祭の出し物の練習を見に来たのだ。ラッセルとラルフは、航海で同じ部屋だったので、少しは慣れていたが、他のメンバーは緊張してガチガチになる。

しかし、問題児のダブルAは、上級魔法使いのルーベンスにも遠慮などしない。

「あっ！　吟遊詩人の……」

ルーベンスのキツい青い瞳に睨まれて、アイーシャは吟遊詩人の真似をしているのは秘密だったと、舌をペロッと出して目で謝る。

隣にいたアンドリューは、アイーシャとルーベンスの間に何か秘密があるのだと察して、ドキドキする。

夏休みにノースフォーク騎士団で、上級魔法使いのルーベンスとフィンが、外国の調査をしていると聞いたのだ。バルト王国からアイーシャを連れて来たのも、ルーベンスとフィンだと思い出して、質問をしようとする。

「ルーベンス様は、バルト王国で……」

こちらは、従兄のラッセルに口を塞がれた。もごもごと抵抗するが、機密情報です！と耳元で囁かれ、わかったと頷く。

ルーベンスは、厄介な二人にげんなりするが、似た者夫婦の世話は弟子のフィンに任せよう、と無視することにした。

それより、自分の一族が送り込んできたフローレンスが気にかかる。誰がフローレンスかは、ルーベンスにはすぐにわかった。一族に多い金髪に青い瞳、それに微かな血の繋がりを感じる。

（大人しそうな女の子に見えるが、そこが危険じゃ！　フィンは高飛車な女の子には惹かれないだろうが、優しいタイプには弱そうだからなぁ）

それに、見た目も華奢で可愛い。ますます奥手のフィンが好きになりそうだと思えてきて、ルーベンスは気持ちがざわつく。思春期の弟子を指導するのは大変だと、溜め息をついた。

「なぁ、フィン？　ルーベンス様は何をしに来られたんだ？」

講堂の客席に座り込んでいる上級魔法使いに、皆は気が散って、練習どころではない。

ラッセルが皆を代表して、弟子のフィンに尋ねる。

「ええっと、師匠の考えていることなんて、理解できないよ！　気紛れで練習を見に来たのさ。無視して練習を続けよう」

フィンは、まさか師匠が一年生のフローレンスを警戒して、練習を見に来たとは言えないので、気紛れだ！　と言い切る。

フィンは慣れているから無視できるかもしれないが、自分達はやりにくい。内心で愚痴りながら、ラッセルは練習を続けさせる。

「あっ！　ルーベンス様、馬を舞台に上げたいのよ。何かいい魔法の技はないかしら？　私は馬を操れるけど、他の人は無理だとラッセルが言うのよ」

早速ダブルAの我が儘が始まった！　全員がうんざりするが、ルーベンスは意外なことに笑い出す。

「確かにアイーシャなら馬を制御できるだろうなぁ。しかし、やはり舞台に馬を上げるのは危険だぞ。観客がいっぱいいるからな。フィン、お前が馬を大人しくさせなさい」

フィンは馬を大人しくさせるのは簡単だけど、やはり舞台に上げない方がいいと反対する。

「馬が糞（ふん）をしたら、舞台が台無（だいな）しだよ～」

ルーベンスは、ぽろぽろと糞が転がるのを想像して眉を顰める。恋の歌劇『サリヴァンの恋人』に、馬の糞は相応しくない。

「あら？　舞台に上がる前に、糞をさせておけば大丈夫よ。大使館の馬丁（ばてい）に面倒を見させるわ」

騎馬民族のアイーシャにそう言い切られると、強く言い返せない。フィンは糞をしても知らないぞ！　と愚痴りながら、馬を大人しくするのを引き受けた。

もう一人のダブルA、アンドリューも、グラウニーを練習に参加させたいと言い出す。

「やっぱり、グラウニーも練習しなきゃ駄目だよ！」

どう見てもグラウニーと遊びたいからなのは明らかだ。しかし、ルーベンスはこれも簡単に許可する。

「まぁ、グラウニーが練習に参加しても害はないだろう」

アンドリューの言葉に乗っかって、久し振りにグラウニーと遊ぶつもりなんだと、フィンは師匠の魂胆に気づく。他人の前では冷静な態度を崩さないが、ルーベンスはかなりの竜馬鹿なのだ。

「ほら、練習を始めなさい！」

客席に居座ったルーベンスの足元には、竜舎から連れて来たグラウニーが伏せている。師匠がどこからか鶏肉を取り寄せて、グラウニーを甘やかしているのを見て、フィンは眉根を寄せる。竜舎のバースは、間食させるのに反対なのだ。

そんな調子で練習を掻き回すルーベンスだったが、吟遊詩人をしているだけあって、やはり音楽にはうるさい。練習を見学しながら、色々な問題に気づく。

「この歌劇の音楽監督は誰なのか？」

全体の指導をしているラッセルに尋ねる。

「あそこにいるリュミエールが、音楽監督をしています」

フィンも竪琴をかなり弾けるようになっていたが、それでもリュミエールの方が上手だ。

フィンにもっと練習させなければと、ルーベンスは片眉を上げる。

（うっ！　フローレンスは私の身内だけあって、唄が上手いのう）

弟子のフィンを自分の一族に近づけたくはないが、ルーベンスは唄が上手い女の子には弱い。アイーシャもそこそこ上手いので、上機嫌になる。

「師匠、この一幕と二幕との間に、リュミエールは魔唄を演奏して欲しいと言うのです。俺は、無くてもいいと思うんだけど」

リュミエールの方が音楽センスがあると、ルーベンスは溜め息しか出ない。ルーベンスも魔唄を挿入するのに賛成なのだ。いっそ、リュミエールに魔唄を弾かせようかと思うが、かなり魔力が必要だから、やはりフィンにしかできない。

「ほら、竪琴を貸しなさい。一度しか弾かないから、よく聞いておくのだぞ」

練習していた生徒達も、上級魔法使いの魔唄が聞ける機会など滅多にないので、周りに集まってきた。

ルーベンスは『サリヴァンの恋人』の元になった若い恋人達の悲恋を知っていた。何故なら、この歌劇を作ったのはルーベンスだからだ。

歌劇では、悪役の男爵をやっつけてハッピーエンドになっているが、本当は引き裂かれてしまった。若き日のルーベンスは、結婚を強制された娘が死を選んだのに憤りを感じて『サリヴァンの恋人』を作曲したのだ。

ルーベンスは、二人の出会いをロマンチックに歌い上げ、生徒達の目には恋人達の楽しそうな映像がはっきりと映し出された。

魔唄を演奏し終えたルーベンスは、竪琴の糸を手で押さえる。皆は呆然と、魔唄に心を奪われていた。

「おい、フィン！　ちゃんと覚えたのか？」

ルーベンスの声が静寂を破った。

ハッと我に返った全員から拍手が湧き、感動を互い互いに大声で話し始める。しかし、大興奮の坩堝の中で、フィンはこんなの無理だぁ！　と一人だけ落ち込んでいた。

「師匠、俺には難し過ぎるよ～」

情けない弟子に、ルーベンスは活を入れる。

「もうすぐ初等科を卒業するというのに、情けないことを言うでない！　魔唄を習得するまで、魔法の技は教えないからな！」

「酷い！　さっきは、魔法の技を教えてやると言ったのに！」

泣きの入ったフィンを、皆は上級魔法使いの弟子も楽では無さそうだと同情の目で見つめた。

四十一　『サリヴァンの恋人』は……

練習の後、フィンはグラウニーの件で、ファビアンに会った。

「師匠が練習に参加させたから事後承諾になっちゃうけど、グラウニーを『サリヴァンの恋人』のラストシーンで、悪い男爵を捕まえる犬として出演させてもいいかな？」

上級魔法使いのルーベンスが、練習に参加させたのなら、ファビアンとしては承知するしかない。

「グラウニーが犬役なのか？　『サリヴァンの恋人』はドタバタ喜劇だったかなぁ？」

ファビアンはグラウニーが劇に出るのは構わないと言うが、少し微妙な顔だ。

足元で自分を見上げているグラウニーに、劇に出るか？　と尋ねると、嬉しそうにきゅぴぴっと頷く。

フィンは、かなり重くなったグラウニーを抱き上げて、出てくれるんだね！　と頬ずりする。しかし、じとっとした視線を感じた。

「ファビアン？　何か問題でも？」

相変わらず鈍いなぁと、ファビアンは溜め息をつく。

「まぁ、この初雪祭は私の自治会長としての初仕事になるから、できたらちゃんとした追い出し会にしたいなぁと思っただけさ」

フィンは緑色の目を真ん丸にして驚く。

「ええっ！　ファビアンが自治会長！」

ファビアンは、大声に驚いてバタバタするグラウニーを受け取りヨシヨシと宥める。そして、自分が自治会長に選ばれたのが、そんなに意外なのかと落ち込んだ。

「去年から自治会のメンバーだったのに、フィンは知らなかったのだな。まぁ、飛び級しているから学年の中では年下になるし、自治会長としては頼りないかもしれないけど……そんなに驚かなくても……」

頼りないとは思わないが、ファビアンが上手く自治会長として生徒達を導いていけるのか？　というか、他人に興味があるのか？　そもそも何故自治会長を引き受けたのか？　とフィンの頭は疑問でいっぱいになった。

「フィン？　疑問が凄く顔に表れているよ……」

フィンは歴代の自治会長を思い出した。入学当時に世話になったり、アレックス達の悪さから守ってくれたりした自治会長達とファビアンとでは、タイプが少し違う。

「いや、ファビアンなら自治会長もできるとは思うけど……何故、引き受けたの？　自治会のメンバーになっていたのも知らなかったよ」

　フィンが魔法学校の自治会のシステムに全く無知なので、ファビアンは呆れる。高等科の優等生は自治会のメンバーに選ばれ、最高学年の中から自治会長が選ばれるのだ。

　ファビアンはさほど自治会の仕事を真面目にしてはいなかったが、成績はもちろん、魔力、武芸に秀でている。それに、上級魔法使いのルーベンスから竜の卵をもらったこともあり、自治会のメンバーは一目置いていた。

　そういった経緯で、ファビアンが自治会長に選ばれたのだが、本人も少し困惑している。

「まぁ、私も自治会長に選ばれるとは思ってなかったけど、なったからには真面目にやるつもりだ」

　確かにファビアンは傲慢だが、意外と面倒見が良いところもあるので、フィンは少し納得した。グラウニーも、話している内容がわかっているみたいに、きゅぴきゅぴと鳴く。

「えらく張り切って練習しているなぁ？」

　ルーベンスは、フィンが真面目に魔唄の練習をしていることに満足したが、それにしても頑張り過ぎているので気になった。

「だって、魔唄をちゃんとしなきゃ、師匠は魔法の技を教えてくれないと言うし……それに、ファビアン自治会長の初仕事だから、成功とまでは言わないけど、失敗はできないよ」

「なるほどなぁ！」と、ルーベンスは笑う。

下手な魔唄を披露されたら、師匠として恥ずかしいと心配していたが、これなら大丈夫だろうとホッとした。

そして迎えた、初雪祭当日。

初等科合同の歌劇『サリヴァンの恋人』は、主役であるアイーシャとアンドリューが乗馬して、公園で出会うシーンから始まった。

「わぁ、本物の馬を舞台に上げたのか！」

観客席から驚きの声が上がった。劇では馬の被り物をした人間を代用するのが普通なのだ。

「フィン、大丈夫かい？」

ラッセルはフィンの腕前を信じてはいたが、観客席のざわめきで馬が興奮しないかと少し心配になる。

「このくらい平気だよ。それより、バルト王国の馬丁はちゃんと糞をさせてくれたんだろうね」

アイーシャは馬丁に面倒を見させると断言していたが、フィンは恋人達が出会うロマンチックなシーンが台無しになったりしたら、ファビアンの自治会長の初仕事に泥を塗ることになると心配していた。

「早く、公園のシーンが終わらないかなぁ」

馬を大人しくさせるのには自信があるフィンだが、朝に糞をさせたと言っても、またしてしまうかもとハラハラしていた。

舞台裏の心配をよそに、アイーシャとアンドリューは音楽監督のリュミエールにしごかれた成果を発揮して、恋の始まりのときめきを二人で掛け合いながら歌い上げる。

「なかなか上手いじゃないか！」

「あの女の子はバルト王国のアイーシャ姫ですよね。アンドリュー殿下とは良い組み合わせではないですか」

バルト王国との同盟を歓迎する観客から盛大な拍手が起こった。一瞬、馬はビクン！としたが、すぐに落ち着きを取り戻し、公園のシーンを無事に終えた。

「どうやって、馬を大人しくさせていたのだろう？」

遊牧民族のバルト王国には何か秘術があるのか？　と首を捻っている裏方の生徒に、ファビアンは「魔法で馬の心を落ち着かせているのさ！」と教えてやる。

物語は進み、主人公の美貌に目をつけた悪男爵が、父親の借金のかたに縁談を強引に押し付けるシーンで一幕が終わる。

一幕と二幕との幕間には、ルーベンスにみっちりと指導を受けたフィンが見事な魔唄を披露した。

フィンが『サリヴァンの恋人』のメインテーマ曲を竪琴で演奏すると、二人の出会いのシーンや、親の目を盗んでデートする姿などが観客の目にはっきりと映る。

「これは素晴らしい！　魔法学校の初雪祭に相応しい！」

日頃は、フィンに魔法の技を教えないで、吟遊詩人の弟子のような真似ばかりさせていると腹を立てているヘンドリック校長も、見事な幻影を引き起こす魔唄には拍手喝采だ。

今年卒業する生徒達も、アシュレイ魔法学校の追い出し会にぴったりだと感動する。

二幕はアンドリューとアイーシャが駆け落ちを計画する場面から始まった。

しかし、その計画は悪男爵にバレてしまう。友達役のフローレンスの家も悪男爵に借金があり、無理やり駆け落ちの計画を白状させられてしまったのだ。

友を裏切った悲しみの唄は、聴衆の涙を誘った。

（主役の子より、この子の方が上手いんじゃないか？）

何人かにそう思わせるほど、フローレンスの唄は見事だった。

しかしアイーシャも負けてはいない。リュミエールの熱血指導の甲斐あって、悪男爵と無理矢理結婚させられる悲しみと恐怖を上手く歌い上げた。

アンドリューは、男爵の悪事を暴き、借金でがんじがらめになっていた恋人と友達の家

族を救う役を、かなりシリアスに演じた。

劇の最後を盛り上げたのは、グラウニーだ。悪い男爵をしっかり捕まえたシーンでは、少し笑いの混じった大喝采が湧いた。

ファビアンは、馬やグラウニーが舞台に上がる演出を少し心配していたが、その不安をはね返し、『サリヴァンの恋人』はアシュレイ魔法学校で何年も語り継がれるほどの大成功を収めた。

客席の後ろでそっと観劇していたルーベンスも、作曲家として、そして師匠として、称賛に値する出来栄えだと微笑んだ。

「どうやら成功したみたいだね！　フィンの魔唄は凄かったよ！　もちろん、グラウニーも良かったよ」

何回ものアンコールが終わり、舞台を降りたフィンは、袖で見ていたファビアンに声を掛けられた。グラウニーは、ファビアンに飛びついて抱っこしてもらう。

『グラウニー、上手く悪男爵を捕まえられたね』

『悪男爵？　違うよ、ベンだよ』

『そうだね。ベンが演じた悪男爵を捕まえたのだよ』

役名と演じた生徒名がごっちゃになっているグラウニーに、ファビアンは丁寧に説明してやる。

「フィン！　打ち上げをしよう！」

フィンは笑いながらグラウニーとファビアンを見ていたが、背中をバシン！　とアンドリューに叩かれた。

「こら、アンドリュー！　上級生に何をするのだ！」

ラッセルがアンドリューをたしなめた。王子とはいえ、魔法学校では下級生なのだ。

「ふ、ふ、ふ！　もう、上級生じゃなくなるよ！　春学期からは、フィンと一緒に中等科になるのだからね！」

アンドリューの宣言に、ひえぇ〜！　と三年生から悲鳴が上がった。

「ズルいわ！　私も中等科に飛び級するわ！　次の秋学期には中等科になるつもりよ」

アイーシャの宣言を聞いて、ラッセルはダブルAのお守りは御免だと溜め息をつく。

「私も高等科に飛び級しようかな？」

先ほどよりも大きな悲鳴が上がった。優等生のラッセルなら、飛び級も簡単に許可が下りそうだ。

「ラッセル！　俺達を見捨てないでよ！」

フィン達が必死に頼んでいるのを、ダブルAは失礼だと口を尖らせた。

「ともかく、打ち上げをしましょう！」

上級生のフィオナ達が、打ち上げの後はダンスパーティだと、揉めている同級生を寮へ急がせる。

寮へ向かいながら、フィンはファビアンの自治会長の初仕事は大成功だったなと笑った。

四十二　中等科になるんだなぁ！

フィンは冬至祭を、師匠、ウィニー、グラウニーとサリヴァンで過ごした。ファビアンはグラウニーを屋敷に連れて帰りたがったが、母や姉達に、竜なんて！と拒否されたのだ。

「グラウニーは母上や姉上達を襲ったりしないと父上が何度も言われても、聞く耳を持たないんだ。義理の兄上達は意外と好意的なのに！」

フィンはグラウニーも大好きなので、バースが家族と冬至祭を過ごす間のお守りを引き受ける。

「バースが実家から戻って来るまで、俺が面倒を見るよ。ファビアンは久し振りに家族が揃うんだから、ゆっくり過ごして来てよ」

しかし、ファビアンは自治会長として、寮に残っている生徒の監督もしなくてはいけないから、他の生徒のようにのんびりはできない。

「冬至祭の日は、寮に残っている生徒も友達の屋敷に招待されたりするから、私も家で過ごすよ。次の日、ウィニーで父上をリンドンの駐屯地に送って行ったら、寮に帰るつもりだ」

レオナール卿は、リンドンからサリヴァンまでは雪が積もっているので、例年は苦労して行き来しているのだが、フィンからウィニーを借りたファビアンが送迎してくれるので、今年は楽ができると喜んでいるらしい。

「グラウニーも来年の春にはファビアンを乗せて飛べるようになるよ。でも、そうなったらノースフォーク騎士団にこき使われちゃうかもね」

早馬でも数日かかるサリヴァンとの連絡には、竜がいると便利なのだが、グラウニーが成長し切るまでは無理をさせないとファビアンは頷く。

「それより、フィンは家に帰らなくていいのか？」

「冬至祭のプレゼントはファビアンに届けてもらったから……」

フィンは、師匠に一人ぼっちの冬至祭を過ごさせたくないと思って、サリヴァンに残ることにしたのだ。カリン村には沢山の兄弟が集まっているので、お母さんも寂しくないだろう。

それより、あれほどノースフォーク騎士団に早く入団したいと騒いでいたファビアンが学校のために頑張るようになったのが、フィンには不思議に思える。

「大人になったのさ。後一年したら入団するのだから、それまでに勉強や、魔法の技の修業、武術の訓練をしっかりとしておきたいのだ。それに、自治会長で組織を纏める力を試してみたいしね」

焦らなくなったのは良いが、冷たく整った容姿のファビアンが組織を纏める力なんて言うと、やはり傲慢な印象を受ける。

「ファビアン、そういうことは口に出さない方がいいよ。俺は気にしないけど、知らない人が聞いたら誤解するからね」

唯我独尊のファビアンだが、フィンの忠告をありがたく受け止める。騎士団では、団員との協調性も大切なのだ。

あまり気乗りしない様子で屋敷に帰るファビアンを見送った後、フィンはグラウニーを連れてルーベンスの塔を上り、大きな掃き出し窓を開けてウィニーを入れてやる。

「おお、ウィニーとグラウニーも一緒に冬至祭を過ごすのか」

竜に甘い師匠が、すかさず鶏の足を投げてやるのを、やれやれと肩を竦めて眺める。

「バースが甘やかさないようにって言っていたのに……まぁ、でも冬至祭だしね！」

フィンも竜馬鹿なので、今日ぐらいいいかと、師匠と一緒に冬至祭のご馳走を食べる。

師匠は相変わらずワインをぐいぐい飲むが、ご馳走はつつくだけなので心配だ。

「よく食べるなぁ！　腹を壊すなよ」

がっつり食べるフィンを見ているだけで、腹がいっぱいになったルーベンスは、デザートのパイを竜達に投げてやる。

「甘い物はやっちゃあいけないと……えっ？　そんなに好きなの？」

パクンと一口でパイを食べたウィニーは、目をくるくる回して、きゅぴきゅぴ鳴く。グラウニーなんか興奮して宙返り（ちゅうがえ）りをしている。

「可愛い！」

またルーベンスがパイを投げてやるが、今度はフィンも止めなかった。師匠と竜達と穏やかな冬至祭を楽しんだ。


「フィン、少し早いけど部屋替えをしますよ。中等科になるのですからね」

新学期の混乱を避けたいと、マイヤー夫人は寮に残っている生徒達の中で中等科、高等科になる生徒に部屋替えを指示する。隣の王宮からアンドリューも聞きつけてやってきた。

「マイヤー夫人！　私はフィンの隣の部屋がいいな！」

我が儘なアンドリューの意見などにマイヤー夫人は聞く耳を持たない。

「フィンは三〇四号室、アンドリューは三一六号です」

角部屋の三〇一号室は級長のラッセル、三〇二号室はラルフ、三〇三号室はパック、三〇五号室はリュミエール……フィンはドアの前に貼（は）ってある名前を見て歩きながら、あっ！　と驚いた。

「アレックスの名前がない！」

マイヤー夫人は、中途で退学する生徒が多いのに片眉を上げた。

学年ごとに纏めてあるので、フィンはアレックスの部屋がないことにすぐに気がついた。アレックスにはあれほど意地悪をされたのに、何だか妙な気持ちになる。

「まさか、アンジェリークも退学したの？　まだ初級の免許も取ってないはずだけど……」

アレックスは魔法学だけは真面目に授業を受けていたし、初級の免許ぐらいは取れただろう。後は、屋敷で贅沢な暮らしをしようが、大学で学ぼうが勝手にしたら良いと思うが、アンジェリークは困るだろうと心配する。

「アンジェリークは退学していませんよ。非情な言い方ですが、マリアンが退学して、アンジェリークには良かったのです。フィオナやエリザベスと一緒に中級を目指すと張り切っています。玉の輿に乗るとか、まぁ、動機は感心しませんがね」

アンジェリークに中級は難しいだろうけど、でも手伝ってあげようとフィンは笑う。

「あっ、フィン！　白いチェニックは卒業ですよ。これからは水色のチェニックです。どうしますか？　購入しますか？」

白いチュニックをマイヤー夫人に返して、フィンは少し考える。海賊の宝を発見したご褒美がもらえたのだ。買おうと思えば、新品の水色のチェニックも買える。

「いいえ、お古のチェニックで十分です。だって、俺はカリン村のフィンだから！」

これから、妹達にもお金が必要になるかもしれない。少し色褪せた水色のチェニックでも、何の問題もないのだ。

「貴方の心掛けは良いですよ！」

パッとマイヤー夫人の手に水色のチェニックが現れた。フィンはそれを受け取ると、早速羽織ってみる。

「少し大きいですね。でも、フィンはまだまだ背が高くなるでしょう！」

いつの間にか、マイヤー夫人を見下ろしているのに気づいて、フィンは驚く。

しかし、マイヤー夫人を見下ろそうが、逆らってはいけないと骨の髄まで染み込んでいるのは変わらない。

「フィン、アンドリュー！　さっさと部屋を片付けなさい！」

アンドリューは自分もフィンと同じようにお古のチェニックにしようかなぁと、憧れの眼差しで見ていたのだが、マイヤー夫人の命令にビクンと飛び上がる。我が儘殿下もマイヤー夫人には逆らえない。

二人がばたばたと部屋を片付けているのを満足そうに見て、マイヤー夫人は自分の部屋へ戻った。

「中等科になるんだなぁ！」

初等科よりも広くなったとはいえ、フィンは元々持ち物が少ない。さっさと部屋を片付けて、フィンは水色のチェニックを着た自分の姿を鏡で見る。そこにはアシュレイ魔法学校の中等科の生徒が、少し色褪せたチェニックを着て映っており、こちらを見返していた。

「これから、師匠に魔法の技をいっぱい習うぞ！」

フィンの意気込みを挫くようなタイミングで、アンドリューが顔を出す。

「ねぇ、ウィニーとサリヴァンの郊外まで行こうよ！」

うっ！　竜の卵をラッセル達に渡したら、アンドリューがどれだけ拗ねるだろう？

フィンは考えただけで逃げ出したくなる。

今日は、冬なのに青空がのぞいている。フィンはぐずぐず考えるのは後回しにして、ウィニーと空の散歩に行くことにした。

四十三　どの卵を渡そうかな？

ルーベンスの塔の暖炉(だんろ)の前に座り込み、フィンはどの卵を誰に渡そうか悩んでいる。

冬休みの間に渡した方が良いだろうと考えたのだ。床に寝そべっているウィニーをヨシヨシと撫でてやりながら、暖炉の上の棚に並んだ卵を眺める。

「師匠、あの赤みがかった灰色の卵からは、きっと火の魔法体系の竜が孵るよね。そして、水色のは水の魔法体系だろうし、青みがかった灰色のは、ウィニーの卵と似ているから風だよね」

うう〜ん、と腕を組んで悩んでいるフィンを、ルーベンスはソファーで竪琴を爪弾きながら眺めている。ウィニーは、お腹がいっぱいなのでうとうとと目を閉じる。フィンは、一人で考えなくてはいけないのだ。

「ラッセルは風、ラルフは水、パックは火の魔法体系なんだ」

師匠にどれを渡したら良いか教えて欲しくて、フィンは大きな声で言ってみるが、自分で考えろと放置される。ウィニーにも聞きたいが、こちらはぐっすり眠っている。

「ファビアンは風の魔法体系だから、土のグラウニーで苦手な魔法体系を補ってもらえばいいと思ったけど……パックは卒業したらウェストン騎士団に入ると言っていたから、火と相性の良い風を渡したらいいかな？　ラルフに火、ラッセルに水でいいのかなぁ？　これでいいような気もするし、駄目な気もするよ」

フィンは、悩み出したらきりがないと溜め息をつく。

「王宮魔法使いになるラルフに、火の竜は危険かな？　火とか吐いて、王宮が火事になったら大変だもの。でも数年すればきっと落ち着かせることもできるよね」

黙って悩んでいるなら無視できるが、アドバイスが欲しいのか大きな声でぶつぶつ言う。

ウィニーは、騒音も気にせず眠っているが、ルーベンスは我慢強い方ではない。自分で決めさせようと考えていたが、根負け(こんま)してしまった。

「そんなに悩むなら、本人達に選ばせたらいいのだ」

フィンはそれは良い考えだと、手をポンと打つ。

「そうだよね！　ラッセルやラルフは優等生だし、俺より魔法についても詳しいもの！　パックも火と風の魔力を持っているし……えっ！　師匠、痛いよ～」

上級魔法使いの弟子なのに、中級魔法使いの弟子に負けているのか！　とルーベンスは拳骨を落とす。

「だって、俺は吟遊詩人の弟子の修業ばかりだもの！　あっ、『サリヴァンの恋人』の魔唄をちゃんと唄えたら、魔法の技を教えてくれると言ったのに……」

あれでちゃんと唄えただと？　と厳しい視線を向けたが、流石のルーベンスも、これ以上指導が遅れるのは良くないと反省していた。

「そうだな、中等科はみっちり魔法の技を教えよう！　それと、アイーシャから水の魔法陣も習わなくてはいけないな」

師匠から魔法の技を習うのは嬉しいが、ダブルAの片割れから水の魔法陣を習うのは気が重い。

「アイーシャは教えてくれるかな？　それに、水占い師の修業の途中だったみたいだし、魔法陣を習得しているかわからないよ」

そうは言いながらも、水の魔法陣を研究すれば、海賊達をシラス王国に近づけない方法が見つかるかもと考えている。

ただ、アンドリューに竜の卵を渡さないと決めたので、許嫁になる可能性があるアイーシャとも距離を置きたかったのだ。

「ウィニーの産んだ卵なら、アンドリューに渡してもカリン村の桜の妖精が孵す訳じゃ無いから祖先の件がバレないんだけど……」

ぐっすり眠っているウィニーの尻尾がピクピク動いた。

バースはウィニーの成長が止まったと言っていたので、大人になったのだと思う。動物は大人になれば生殖活動をすると、農家で育ったフィンは知っているが、魔力の塊の竜はどうだかわからない。

「ねぇ、師匠？　ウィニーは一歳半で成長が止まったけど、グラウニーも同じかな？　だとしたら、秋には卵を産むのかな？」

竪琴をソファーに置いて、ルーベンスも考える。ウィニーが孵ってから、古い書物を読みあさっていたが、どれも伝聞でしかないし、怪しい記述ばかりで当てにできない。

「大昔には竜を見た者もいたのだろうが、今、私が信じられるのは、アシュレイが竜と会ったということだけだ。お前の祖先は、全く記録とかをつけていないし、私の師匠も竜に関しては……」

そうだ！　とフィンが叫んだので、ルーベンスは、何だ？　と言葉を止める。

「アシュレイに卵を預けて、自分の魔力を授けた竜はリュリューって名前だったんだ！　夢で見たんだよ！」

リュリューという竜の夢を見たと言う弟子に、やはりアシュレイの子孫なのだとルーベンスは確信を深める。

「アシュレイが魔法学校を去る時に、弟子達に竜の卵を託したのは、フィンが桜の木の下で竜を孵すという予知夢を見たからかもしれないな」

アシュレイとフィンの不思議な繋がりを感じたルーベンスだったが、アンドリューに竜の卵を渡さないと決めたのにまだぐずぐず悩んでいるのには呆れてしまう。ウィニーが早く卵を産んでくれたらいいのにと望むのは、アンドリューに渡したいからだ。

「グラウニーとウィニーの雛なら、どちらの魔法体系になるのかな？　それとも、同じ風の魔法体系の竜としか交尾はしないのかな？　やっぱり、早く竜の卵を渡そう！　カザフ王国の攻撃が早まるかもしれないもの」

フィンなりに外国を偵察して感じるものがあり、アンドリューに文句をつけられる鬱陶しさよりも、竜の機動力が必要になる可能性を重要視したのだと、ルーベンスは気づいた。

そして少しずつ、上級魔法使いの弟子としての覚悟が育っていることに安堵した。

四十四　三つの竜の卵

フィンは、冬休みが終わる前に竜の卵を三人に渡すことにした。

「ねぇ、やっぱり竜の卵は、師匠から渡してもらった方がいいよね」

面倒なことが大嫌いなルーベンスは、ソファーに座ったまま竪琴を爪弾いている。

「あの三人にはアシュレイの子孫だとバレているのだろ？　なら、お前が渡しても同じではないか」

フィンは困った顔をして、師匠をじっと眺める。ルーベンスは無視しようとするが、無言の圧力を掛けられて、鬱陶しくなってきた。つられて竪琴の音も湿りがちになる。

「ええい！　わかった！　三人を呼んで来い」

「やったぁ！」と飛び上がったフィンは、そのまま三人を呼びに飛んで行った。二段飛ばしで騒々しく螺旋階段を下りていく弟子を、転ばないと良いがとルーベンスが心配した途端に、ドンガラビッシャンと足を滑らせた音がする。

「危ないところだった！」と、すぐにフィンの声が聞こえてきた。二、三段滑ったが、どうにか無事だったようだ。

「中等科になったのだから、もう少し魔法も教えないといけないのだが……その前に、もっと落ち着かないといけないなぁ」

そのために竜の卵を与えたのだが、ウィニーが孵った後も相変わらず飛び歩いている。何か良い方法がないかとルーベンスなりに考える。

「私は音楽が好きで、こうして竪琴を弾いたりしながら物事を考えるのだが……フィンは、ウィニーと空を飛ぶのが好きだな……後は農作業か……」

フィンには内緒にしていたが、ルーベンスはこの冬に体力がかなり落ちたので、本格的にフィンに修業をさせようと決心していた。次の夏休みに外国へ偵察に行く体力があるかも不安だ。

「できれば、海賊の本拠地を潰したかったが……」

フィン達が見つけた洞窟で待ち伏せをした結果、海賊船を一、二隻は拿捕したが、それ以降は海賊船は寄り付きもしなくなった。

隠されていた金貨は、海賊の被害者に分け与えられた。もちろん、サザンイーストン騎士団と発見者のフィン達にも褒賞金が出た。

ルーベンスは春になって海賊の動きが活発になる前に、ルミナス島へ遠征(えんせい)し本拠地を叩き潰すべきだと思ってはいたが、気管支炎(きかんしえん)が悪化しているので参加できるかわからない。

毎朝、フィンに治療してもらい、どうにか誤魔化しながら生活しているが、防衛魔法を維持するのがかなり辛い。

「フィンが高等科になるまでは、攻撃魔法は教えたくなかったが……そうも言ってもおられないのに、何故落ち着かないのかのう」

フィンがラッセル、ラルフ、パックを連れて帰って来るまで、ルーベンスはそうして物思いに耽っていた。

「師匠！　呼んで来ましたよ！」

ラッセルとラルフは、ルーベンスの塔に入るのは二度目だが、フィンが掃除したり、バルコニーや大きな掃き出し窓が付けられたりして、開放的になっているのに驚く。パックはルーベンスの塔に入るのも初めてなので、何の用だろうとドキドキしていた。

「何かご用だと、フィンから聞きましたが……」

級長のラッセルが口を開く。ルーベンスは、フィンがもっとしっかり説明しなくてはいけないと、眉を上げた。

なのに、フィンときたらその仕草にも気づかず、『ほら、早く竜の卵を渡して！』と三人の後ろで口パクして急かしてくる。

「ラッセル、ラルフ、パック、お前達に竜の卵を渡そうと呼んだのだ」

三人は考えもしなかった幸運に、目をパチクリした。

ウィニー、グラウニーを見てからずっと、心の奥底で竜が欲しいと思っていたのだ。

それを言うなら、アシュレイ魔法学校のほぼ全員が同じことを願っていたのだが、まさか、自分がもらえるだなんて信じられない。

「竜の卵をもらえるのですか？」

パックは顔を真っ赤にして叫んだ。夢じゃないかと、頬っぺたをつねり、痛い！と騒ぐ。

ラッセルとラルフも竜の卵がもらえると聞いて、嬉しくてぼおっとしていたが、ハッと我に返る。

「もしかして、竜の卵を頂けるのは、フィンが……」

ルーベンスの青い瞳に睨みつけられて、ラッセルは自分達がフィンの血筋(ちすじ)のことを知っているからではという推測を口にするのを控えた。上級魔法使いの気迫(きはく)を感じて、ブルリと身を震わせる。

「ここに三つの竜の卵がある。一つはウィニーの卵と同じ色だから、風の魔法体系の竜が孵るだろう。この赤いのは火の魔法体系だろうし、水色のは水の魔法体系の竜が孵るはずだ。後は、お前達で話し合って、それぞれの卵を受け取るが良い」

三人は、こんなに貴重な竜の卵をもらえるのは嬉しいが、ルーベンスが凄くいい加減なので戸惑ってしまう。

「えっ！　私達が選ぶのですか？」

　フィンも自分で選ぶのを放棄したにもかかわらず、師匠は無責任だと同意する。

「やはり、師匠が選んだ方がいいですよ」

　ルーベンスは、面倒臭いことは大嫌いだが、根気強く自分を育ててくれたトラビス師匠の顔を思い出して、結局は自ら渡すことにする。

「この水の卵は、ラッセルに与えよう」

「大事に育てます」

　ラッセルはルーベンスから水色の卵を受け取ると、愛しそうに撫でた。

　ルーベンスは、次に赤い卵を持つと、少し考えてラルフに与える。

「ありがとうございます」

　ラルフは、落としたりしないように大事そうに両手で受け取る。

「お前さんは、火と風の魔法体系だな。しかし、風の魔力はあまり強くなさそうだ。この卵に魔力を注ぎなさい」

　パックは、ルーベンスから風の魔法体系の卵をもらった。

「良かったね！」とお祝いを言うフィンに、魔力の注ぎ方などを質問していたが、ラッセルがハッとする。

「アンドリューが拗ねるだろうな……ルーベンス様、本当に私達がこんな貴重な竜の卵を頂いていいのでしょうか？」

ルーベンスは青い瞳を光らせて「なら、返すか?」と尋ねる。三人は、反射的に竜の卵を抱え込んだ。

「この竜の卵は、アシュレイが弟子に託したものだ。私はそれをトラビス師匠から受け継いだ。誰にやろうが、私の勝手だ！　さぁ、邪魔だから帰りなさい！」

自己中心的な発言だが、シラス王国を守護している上級魔法使いには、誰も逆らえない。三人は、丁寧に頭を下げてルーベンスの塔から下りた。

「師匠、ありがとう」

疑問で頭がいっぱいの三人に色々と話があるフィンは、師匠に一言お礼を言ってから、後を追いかけた。階段を急いで下りる靴音を聞きながら、ルーベンスは今度は転けるなよと溜め息をつく。

(私がいなくなった後、フィンの助けになってくれれば良いが……)

ラッセルに言われるまでもなく、アンドリューが拗ねたり、ヘンドリック校長が文句をつけてきたりするのは承知していた。しかし自分の老いを自覚しているルーベンスは、そんな些末なことは無視する。

上級魔法使いとして孤独な日々を送るフィンが、心より信頼できる相手に竜を持たせ、支えてもらえるようになればと願った。

四十五　フィンと友達三人

竜の卵をもらった三人とフィンは、級長のラッセルの部屋で魔力の注ぎ方などを話し合う。

「ええっと、竜の姿を思い浮かべて、魔力を注ぐんだよ」

ラッセル、ラルフ、パックは、それぞれの卵を見つめて、魔力を注ごうとするが、なかなか上手くいかない。

「ねぇ、フィン？　竜の卵は、桜の木に宿った残留(ざんりゅう)魔力で孵るんじゃないの？」

パックは音(ね)を上げて、この魔力を注ぐ意味があるのかと尋ねる。

「シッ！　それは内緒だよ！　まぁ、確かにその通りだけど、俺もファビアンも卵に魔力を注いだんだ。師匠も孵せなかったけど何年も魔力を注いだから、絆を感じると言っていたよ。それに、万が一卵が盗まれたりしても、魔力を注いでいたら、どこにあっても喚び寄せられるよ」

物質の喚び寄せは難しい魔法の技なのだがフィンには簡単だ。三人はフィンと自分達では次元が違うと、渋い顔を見合わせた。

「私は喚び寄せなんてできないよ」とパックが愚痴るので、フィンは移動魔法の応用だと説明する。ラッセルとラルフは、下手なフィンの説明でも何となく理解したが、パックはちんぷんかんぷんだと首を捻った。

「ねぇ、私はそもそも移動魔法ができないんだけど……私が竜の卵をもらっても良かったのかな？」

ラッセルとラルフは誰もが認める優等生だが、パックは違う。魔力は優れているが、ごく普通の生徒だ。

「それは、師匠が決めたことだから……パックは竜の卵が欲しくないの？」

パックは「欲しいよ！」と、抱え込む。他の生徒から何であいつがもらえたんだ！　と悪口を言われたとしても、手離したくないと言う。

そんな様子を見ていたラッセルは、深い溜め息をついた。

「なるべく部屋で魔力を注ぐけど、いつかはバレるよね」

他の生徒も欲しいと思っているはずなので、一波乱ありそうだが、中でもアンドリューが拗ねるのは目に見えている。従兄のラッセルは、もろに当たり散らされそうだ。

「そうだ！　自治会長のファビアンにも報告しなくちゃね！　生徒達が騒ぎを起こす可能性もあるもの！」

自治会への報告はラッセルがしてくれるものだと思って、フィンは気楽に言う。落ちこぼれだった感覚をいつまでも持っているのだ。

「フィン、君はきっと高等科になったら自治会のメンバーに選ばれるよ。その前に、練習だと思って今回の騒動を収めるのも協力してくれないか」

フィンは緑色の目をぱちくりした。自分が自治会のメンバーになるだなんて考えてもみなかったのだ。

「まさかぁ～！　自治会のメンバーは、優等生が選ばれるんだよ。俺なんか……」

落ちこぼれと言いかけたが、三人に睨まれて口を閉じる。

「ファビアンには、カリン村に行くのにも協力してもらわないといけないから話すけど……あっ、グラウニーは二人乗せられるかな？　ラッセル達の誰かがグラウニーに乗れたら、いっぺんに行けるけど……えっ、何？」

まだ人を乗せての飛行訓練を始めてもいないグラウニーのことを心配し始めたフィンに、三人は頭を抱える。

「フィン、四月にカリン村へ行く時の心配より、今の問題を解決しなきゃ！」

パックに突っ込まれたフィンは、ともかくファビアンを呼んで来ると言って慌てて部屋を出る。

ラッセルは、本来は級長の自分が報告に行くべきかも？　とは思ったが、少しはフィンにも寮の運営に関わって欲しかったので任せた。

「フィンって、凄いんだけど……上級魔法使いとしてやっていけるのかな？　ねぇ、ラルフは王宮に仕える魔法使いになるんだろ？　フォローしてやってよ」

地方の貴族の次男坊で、ウェストン騎士団に入団する予定のパックは、あんなに落ち着きのないフィンが、王宮でやっていけるのかと心配する。

「フォローすると言っても、フィンは上級魔法使いになるんだから……」

平の魔法使いの自分とは立場が違うと口ごもるラルフを、ラッセルとパックは説得した。

「私もサリヴァンにいる時は、フィンのフォローをするけど、サザンイーストン騎士団は航海に出るからね。その時はラルフが、貴族達がフィンに強引なお願いをしないように見張って欲しいんだ。奴らは図々しいからね」

王宮に仕える叔父からも、貴族達の強欲さを聞いているラルフは、それを適当にあしらう術をフィンに学ばせる必要を感じた。

「それは、私も叔父から大変だと聞いているから、何とかするつもりだよ。フィンにも、教えておかなければね。ルーベンス様は貴族達のことなど全く相手にされていないから、きっとあしらう術など教えてないだろう」

名門貴族のラッセルとしては、貴族どころか、王様の言うことも無視しているルーベンスの態度を見習って欲しくはなかったが、フィンが馬鹿どもに振り回されるのも困ると唸る。

「ルーベンス様も王宮で王様の補佐をしてくださるといいのだが……そしたら、フィンも徐々に王宮での立ち位置が理解できるだろうけど……」

どうも、フィンは自分の立場の重要性が理解できていないようにラッセルには感じられた。ラルフも、フィンが王宮でやっていけるのかと首を傾げる。

そんな二人を見ていたパックは、ルーベンスが自分達に竜の卵を渡した理由が何となくわかった気がした。

「ルーベンス様が私達に竜の卵を渡したのは、フィンの友達として支えて欲しかったからかな？　いや、ラッセルやラルフは、支えてあげられるけど私は……。やっぱり違うかもね？」

三人は手に竜の卵を持って、これをもらった意味の深さを考え込んだ。

四十六　拗ねたアンドリュー

ファビアンは、三人が竜の卵をもらった理由に、すぐに気づいた。親友として、孤独な立場になるフィンを支えてやって欲しいとルーベンスが考えたのだろうと頷く。

「君達は、竜の卵をもらったことで、きっと嫉妬されたりすると思う。しかし、竜を得るのは、それよりももっと重大で素晴らしいことだ。卵に魔力を注いで、しっかり絆を結ぶように」

ファビアンが自治会長としてやっていけるのかな？　などと勝手に心配をしていたフィンは、理路整然とこれから巻き起こる問題点を指摘して、注意を与えている姿を見て安堵する。

「いずれは竜の卵をもらった件が公になるだろうが、なるべく部屋で魔力を注ぐようにしなさい。私の時も、同級生が部屋にやって来ては卵を触りたがった。別に卵を触らせても害はなかったから、拒絶などしないで好きにさせた方が、騒動が収まるのが早いかもしれないな」

三人は、ファビアンの同級生にはアンドリューがいなかったからそんなに気楽なことが言えるんだ、と暗い表情だ。

「ああ……アンドリューはきっと拗ねるよね！」

フィンは、そう叫ぶと頭を抱えこむ。

フィンも最後まで悩んだのだ。アンドリューが竜を愛しているのは間違いない。どうしよう？　と不安そうな目を向けられて、ファビアンは元気づけるようにアドバイスする。

「竜の卵はアシュレイ様が竜からもらって、それを弟子達に託されたものだ。孫弟子になるルーベンス様が全て管理されていたのだから、文句など受け付ける必要はないさ。あれこれ言われたら、そう突っぱねたら良い」

ファビアンならそれで押し通すのだろうけれど、自分達にできる気はしない。しかし、それ以外の方法は考えられないので、助言を受け入れるしかない。

答えのない難問で空気が重くなったので、フィンが別の話題を持ち出した。

「ねぇ、それよりグラウニーの飛行訓練にこの三人も参加してもいいかな？　カリン村に行くのに、グラウニーを貸してもらいたいから」

風の魔法体系のウィニーより飛ぶのが遅かったグラウニーだが、近頃はかなり上達している。春までに人を乗せて飛行する訓練をしなくてはと、ファビアンとフィンはその計画に夢中になる。

ラルフやパックは、来年は自分達も飛行訓練をするのだと目を輝かせて聞いていたが、ラッセルはアンドリューのことが心配で気もそぞろだった。

春学期が始まり、飛び級したアンドリューとユリアンは勉強や魔法学での遅れに追いつこうと真面目に勉強していた。

「冬休みにかなり勉強したつもりだけど、やはり中等科は厳しいな」

教養科目は、王子として幼い頃から家庭教師に習っていたので問題はないが、それ以外の科目はかなり難しい。優等生のユリアンも必死なので、今までみたいにはフォローできない。

「ラッセルに教えてもらおう！」

アンドリューは気楽にそう言うが、ラッセルがさっさと自習室での勉強を切り上げて、自分の部屋に帰ったのは何か用事があるからでは？　とユリアンは感じていた。

級長は、授業についていけない生徒をチェックしたり、宿題のレポートを纏めて先生に持っていったりするので、自分の勉強が終わっても自習室に留まるのが普通なのだ。

「級長だからといって、勉強を教える義務はないんですよ」

ユリアンはずっと級長だったので、自室に籠もっているのを邪魔してはいけないと止めるが、アンドリューはそんなことはお構いなしだ。ノックと同時にドアを開ける。

「ラッセル！　勉強を……ああっ～！　それは竜の卵だよね！」

素早くラッセルの側に駆け寄ると、手に持っている竜の卵に釘付け（くぎづ）となった。

ラッセルは、入室の許可を与える前に部屋に飛び込んだアンドリューを咎めたい気持ちになったが、もはやそれどころではない。

当のアンドリューは椅子の横に跪（ひざまず）いて、ラッセルの手の中の卵をうっとりと見つめている。

「ねぇ、この竜の卵は水色だね……ということは、水の魔法体系の竜が孵るのかな？　いいなぁ～！　ねぇ、ラッセルはどうやって竜の卵をもらったの？」

アンドリューが意外と冷静なのでラッセルは驚いたが、すぐに気づいた。

アンドリューは、まだ他の竜の卵が残っていると誤解しているのだ。

希望を持って卵を可愛がっている姿に、ラッセルは胸が締め付けられる。

しかし、いずれは耳に入ることだと覚悟を決めた。大勢の目の前で騒ぎを起こさせるより、自室で言い聞かせた方が良いと判断したのだ。それに、宥め役のユリアンが一緒なのも好都合だ。

「この竜の卵は、ルーベンス様に頂いたのだよ。残された三つの卵を、私だけでなく、ラルフやパックももらった……アンドリュー！　ちょっと待ちなさい！」

話の途中までは落ち着いて聞いていたアンドリューだったが、他の卵をもらうチャンスも無くなったと知って、部屋から飛び出そうとした。ユリアンとラッセルで抱き留めたが、アンドリューはそれを乱暴に押し退ける。

「何故！　ルーベンスは私に竜の卵をくれなかったのだ！」

心の奥底からの叫びに、ラッセルとユリアンは一瞬手を緩めてしまった。その隙にアンドリューは、泣きながら出て行った。

「ユリアン、アンドリューを頼む。今は私の顔も見たくないだろう。落ち着いたら話をするから、連れて来てくれないか」

ユリアンは、アンドリューがどれほど竜を愛しているか知っているので、残酷（ざんこく）な選択をしたルーベンスに文句を百も言いたい気分だったが、放置できないので言われた通り追いかける。今回は、廊下を走っても、何故か天罰は発動しなかった。

四十七　傷ついたアンドリュー

「私は竜の卵をもらえない！　こんなにも竜を愛しているのに、手に入れることができないのだ」

アンドリューは、これまで生きてきた中で一番の絶望感を覚えていた。

キャリガン王太子の第一王子として生まれたアンドリューは、幼い頃は身体が弱くすぐに熱を出したりしたので、グレース王太子妃は育てるのに苦労した。そのせいか、甘やかされた我が儘殿下と呼ばれるようになってしまったが、本来は頭もいい。

魔法学校に入学する前に、自分がどうやら父を失望させていると気づいた。

だったら、シラス王国の唯一の上級魔法使いルーベンスの弟子になって、祖父のマキシム王や父の役に立つようになれば、見直してもらえると考えていた。

しかし、アンドリューはルーベンスの塔に入ることもできなかった。自分が馬鹿げた子どもじみた夢を見ていたのだとがっかりしたが、今はその時よりも心が冷え込んで、魔法学校を辞めたいと思うほどだ。

「アンドリュー、こんな所にいたの？　身体が冷え切っているよ。寮に帰ろう」

ラッセルの部屋から飛び出したアンドリューをずっと探していたユリアンは、王宮に近いバラ園の東屋（あずまや）にポツンと座っているアンドリューを見つけた。冬枯（ふゆが）れのバラ園などに見るべきものはない。誰にも会いたくないから、ここへ逃げてきたのは明らかだ。

ユリアンに肩からコートを掛けてもらったアンドリューは、ふんわりと暖かさを感じ、自分の身体が冷たくなっているのに気づいた。

「ごめん……もう少し、ここにいるよ……」

こんな寒々（さむざむ）しい場所にいても無意味なのはわかっているが、今は寮に帰りたくなかった。寮には竜の卵をもらった三人がいるのだ。殴り飛ばしたくなる激情（げきじょう）を抑えられるか、自信がなかった。心配そうな目をして側にいるユリアンさえ癇（かん）に障った。

「どうしよう……」

追い返されたユリアンが、あんな場所に放置していてもいいものかと悩みながら寮に向かっていると、馬小屋の前でアイーシャに出会った。

騎馬民族のアイーシャは、暇を見つけては愛馬（あいば）に会いに来ているのだ。

ユリアンは、良いプランを思いついた。上手くいけば、一石二鳥（いっせきにちょう）になりそうだ。

「こんにちは、アイーシャ！」

馬との交流に熱中していたアイーシャは、突然声を掛けられて驚くが、アンドリューの友達だと気づく。

「ええっと……ユリアン？　こんな場所でどうしたの？」

シラス王国では馬は単に交通手段でしかない。家族同然に大切に世話をするのが当たり前のバルト王国のアイーシャは、シラス王国における馬の扱いの酷さに腹を立てる場面もあった。

例外的に魔法学校の馬はきちんと世話をされているが、自分の馬を連れて来ている生徒ですら滅多に会いに来ないのに呆れている。

「実は、竜の卵がラッセル、ラルフ、パックに渡されたのです。それで、アンドリューが落ち込んでしまって……」

普通の令嬢なら許嫁が落ち込んでいると聞いたら、慰めてくれるだろうとユリアンは考えたのだが、アイーシャは違った。

「まぁ！　竜の卵が寮にあるのね。是非、見てみたいわ！　でも、男子寮には立ち入れないのよ。マイヤー夫人に例外を認めてもらおうかなぁ」

あのマイヤー夫人に直談判しようなんて非常識なことが許される訳が無い。ユリアンはアイーシャに関わった自分の馬鹿さ加減に頭を抱える。

「マイヤー夫人に逆らっては駄目ですよ！　竜の卵が見たいなら、ラッセル達に食堂とかで見せてもらうと良いでしょう」

そうね！　とアイーシャが素直に諦めてくれてホッとしたが、まだ寒いバラ園で落ち込んでいるアンドリューがいるのだ。ユリアンは、自分の苦労性に嫌気が差すが、幼い頃からの遊び相手が傷ついているのを見過ごせない。

「アンドリューは、竜を心から愛しているのです。ルーベンス様が竜の卵を全部他人に与えたので、手に入れる機会を失ってしまって落ち込んでいます。あんな寒々しいバラ園に一人でいるのを放っておけないけど……追い払われてしまったのです」

アイーシャは、政略結婚の相手のアンドリューが、子どもじみた態度で拗ねようが、それで風邪を引こうが知ったことではないと肩を竦めた。

「アンドリューが竜を愛しているのは知っているわ。冬至祭でも、ずっとウィニーとグラウニーの話ばかりしていたもの……」

ユリアンは、遠いバルト王国に帰らず、サリヴァンで冬至祭を過ごした許嫁に何を話しているのだと呆れた。竜馬鹿にもほどがあるだろうと、溜め息をつく。

これは脈がないなと諦めかけたが、アイーシャは「それで、どこにいるの？」と尋ねてきた。

馬を愛するアイーシャは、竜を愛しているアンドリューが、卵を手に入れることができなくなった絶望感を理解したのだ。

冬枯れのバラ園を奥へ進むと、白いペンキが塗られた東屋が見えてきた。バルト王国ほど風は冷たくないが、何もこんな場所で落ち込まなくてもいいのにとアイーシャは呆れる。

「アンドリュー、寮に帰りましょう。ユリアンが心配していたわよ」

声を掛けられて、アンドリューは一人にして欲しいのにと腹を立てた。

祖父のマキシム王や、父から、アイーシャには丁重な態度で接するようにと命じられているが、今はそんな余裕がない。どうにか引き取ってもらおうと、今のアンドリューとしては最大限の丁寧な言葉を発する。

「一人でいたいので、放っておいてください」

しかし、アイーシャはそんな言葉で引き下がる女の子ではない。

「竜の卵が手に入らなかったのは気の毒だわ。でも、三頭も竜が増えるのは、シラス王国にとっていいことではないの？」

そんなことはアンドリューだって承知している。自国の危機を救うために、祖父や父はバルト王国との同盟を結んだのだし、自分だってアイーシャとの政略結婚を受け入れる覚悟がある。

「竜がどれほど優れているかだなんて、アイーシャに言われなくても知っているよ！放っておいてくれ！」

「放っておいてくれ？　誰に向かってそんな言葉を言っているの？　私だって放っておきたいわよ！　でも、竜の卵がもらえなかったのは、本当に気の毒だと思ったのよ」

竜の卵がもらえなかった！　傷口に塩をすり込む言葉に、アンドリューもキレた。

「何故、ルーベンスは私に竜の卵をくれなかったのだ！　……もう、あっちに行ってくれ！」

立ち上がって怒鳴る。アイーシャが、普通の姫君なら怯えて逃げ出しただろうが、ダブルAと呼ばれているぐらいだ。親切にしてあげたのに怒鳴りつけられて、黙っている訳が無い。

「理由がわかれば納得できるの？　だったら、貴方に竜の卵を与えず、他の人に与えた理由をルーベンスに聞きに行きましょうよ」

王権の強いバルト王国育ちのアイーシャだが、良い馬を全て王族が独占する訳では無いのは知っている。武官や豪族もいい馬を集めているのだ。

惚れ惚れとするような子馬を見て欲しくて堪らなくなったが、手に入らなかった経験も何度かある。

竜は馬より頭数が少ないから、さらに貴重だろう。それを王族のアンドリューに与えず、他の生徒に与えたのには、それ相応の理由があるはずだと考えたのだ。

アンドリューは、これまで猫の皮を被ったアイーシャしか知らなかった。初雪祭ではあれこれ我が儘を言っていたが、それはアンドリューも一緒だったし、我慢したのは舞台監督達だ。

こうして本気で向き合うのは初めてなのに、全く臆する様子がないので、驚きのあまり毒気を抜かれてしまう。

「でも、ルーベンス様は塔に閉じ籠もっているから……許可のない人は誰も入れないんだ」

アイーシャは、ふぅ～んと少し考えてから、クスリと笑う。

「じゃあ、許可を得ている人が入るのを待ち伏せすればいいのね」

アイーシャは、戸惑うアンドリューの手を引っ張って、ルーベンスの塔へ向かう。

四十八　フィン！　どうにかしろ！

アイーシャはアンドリューの手を引っ張って、ルーベンスの塔まで連れて来た。

馬に乗ったりしているアイーシャの手が思ったよりも小さくて柔らかいので、アンドリューはドキドキする。

「フィンが来れば一緒に上れると思ったけど……なかなか来ないわね」

本当に開かないのか？　と、アイーシャが塔の扉を激しく叩くので、アンドリューは思わずその手を握りしめた。

「そんなに乱暴に叩いたら、手を痛めてしまうよ」

アイーシャは、アンドリューの手が剣の稽古で固くなっているのに驚き、何故か頬が赤くなる。

「ルーベンスお爺ちゃん！　話があるから、塔に入れてよ！」

照れくささを誤魔化すように、アイーシャは大声で叫ぶ。

「無理だよ」

アンドリューは、シラス王国の守護魔法使いに失礼だと、慌ててアイーシャを止める。

「ルーベンス様は、自分が用のない人は塔には入れないんだ」

ルーベンスの塔の試験に落ちた時の胸の痛みがアンドリューの青い目を曇らせる。アイーシャは、そんな悲しげな瞳に心が騒いだ。

「この塔は岩を積み上げてできているのよね。それに、川もあるし、海も近いのだから、地下には水が流れているはずよ。なら、水の魔法陣を描いて塔を水浸しにすれば、ルーベンスお爺ちゃんも出てくるわ」

アンドリューが『水の魔法陣』とは何だろう？　と首を傾げている間に、アイーシャは深呼吸を繰り返して精神を集中させる。

「ねえ、アイーシャ？　何をしているの？」

アンドリューも魔法学校の生徒だ。何かとんでもない魔法を使うのだと気づいて、アイーシャを止めようとした。しかし、邪魔しないで！　ときらきらした黒い瞳で命じられると、可愛い！　とときめいてしまって、好きなようにさせてしまう。

塔でソファーに寝そべり、本を読んでいたルーベンスは、異常な魔力を感じてはね起きた。

「これは、水占い師の魔法陣ではないか？　まさか、アイーシャが？」

さっきからアイーシャが塔の下で騒いでいるのを無視していたが、こんな場所で水の魔法陣を使われたら困る。

『フィン！　どうにかしろ！』

師匠に呼びつけられたフィンは塔まで飛んで来て、肩を揺さぶってアイーシャの集中を解く。

「何をするの！　あともうちょっとで……あっ！　フィン！　いいところに来たわ！　アンドリューをルーベンスの塔に入れてあげて欲しいの。何故竜の卵をもらえなかったのか、質問したいんだって」

フィンは、慌ててアイーシャを止めているアンドリューを見て、深い溜め息をついた。気まずい空気がフィンとアンドリューの間に流れる。

「ねぇ、ルーベンスのお爺ちゃんに尋ねたらいいんじゃない？」

「俺は師匠に呼びつけられたんだけど、凄く機嫌が悪そうだったから、今は塔には入れてくれそうにないよ。アンドリュー、少し話をしよう」

ルーベンスではなく、自分が竜の卵を渡す人間を選んだのだ。アシュレイの子孫だと王族には知られたくないから、アンドリューを除外したとは言えないが、真摯（しんし）に話し合う必要を感じる。

「なら、ウィニーやグラウニーにも会いたいから、竜舎で話しましょうよ」

何故アイーシャが仕切るのか？　フィンとアンドリューは疑問に思うが、風が吹き付けるルーベンスの塔の下で立ち話をするより、暖かな竜舎で寝藁に腰かけて話す方がいいので、早速移動した。

アイーシャがウィニーやグラウニーと楽しそうに話している声が聞こえる竜舎で、フィンはどう話を切り出そうか悩んでいた。長い沈黙に耐えかねて、アンドリューの方から口を開く。

「フィン……いつか、ウィニーは卵を産むのかな？」

アンドリューは、フィンの困り切った顔を見ているうちに、自分の怒りや絶望がかなり収まっているのに気づいた。

アイーシャに引きずり回されている間に、かなり割り切れてきたのだ。

「まだ竜の生態は、よくわかってないんだ。でも、ウィニーが卵を産んだら、アンドリューにあげるよ」

大きく息を吐いて、アンドリューは立ち上がる。

「なら、竜の生態を研究しなくちゃね！　ウィニーに乗せてよ！」

「あら、なら私も乗りたいわ！」

フィンはダブルAには敵わないと溜め息をつきたくなったが、竜の卵をもらい損ねたショックからアンドリューが立ち直ってくれたので、二人を乗せてウィニーと空中散歩した。

『ありがとう！　ウィニー！』

竜で空を飛ぶと、もやもやも吹き飛ぶ。アンドリューは愛おしそうにウィニーを撫でる。

それを見て、フィンの胸はチクリと痛んだ。

「ねぇ、グラウニーの飛行訓練を始める頃だと聞いたわ。私も手伝っていい？」

ぐいぐい攻めるアイーシャに、アンドリューも便乗する。

「あっ！　私も手伝いたいな！　ファビアンよりは軽いから、グラウニーも負担にならないと思うし」

少し油断すると、すぐにダブルAは無理を言ってくる。フィンは苦笑しながら、ファビアンの許可を取るように！　と突き放した。

四十九　グラウニーの飛行訓練

竜の卵をもらえなかったショックを乗り越えて、精神的に少し成長したが、やはりアンドリューはアンドリューだ。

ラッセル達は、竜の卵に触らせて！　と部屋に押し掛けられては、長居されて迷惑していた。

「アンドリューだよ！　卵から孵ったら可愛がってあげるよ！」

卵を撫で回しながら、どれほど可愛がってあげるか話す姿に、三人は肩を竦める。

アンドリューが立ち直ったので、フィン達はホッとしていたが、ファビアンは、もうちょっとだけ落ち込んでくれていたら良かったかもと、自治会長らしからぬことを内心で考えていた。

ついに、グラウニーが有人飛行に挑戦する日がやって来た。竜舎にはパートナーのファビアンと世話係のバース、そしてアンドリューとアイーシャが集まっていた。

　グラウニーに鞍を付けているファビアンの側で、アンドリューが図々しい提案をする。

「ねぇ、グラウニーに一番に乗るのは、私の方が良くない？　ファビアンよりは軽いし！」

「あら？　それなら、アンドリューより私の方が軽いわ」

　ファビアンは、このダブルAを自分に押し付けたフィンに文句をつけたくなったが、グラウニーの飛行訓練を手伝ってもらわないといけないので、拳をグッと握り締めて堪える。

『ファビアンと飛びたい！』

　初飛行はファビアンとがいい、とグラウニーが主張したので、さすがのダブルAも諦める。

『じゃあ、私は後でいいから乗せてね』

　どこまでも攻めるアイーシャに、バースが口を挟む。

「グラウニーは、飛行訓練をこれから始めるのだ。今日は無理をさせたくない。ウィニーに乗せてもらえば良い」

　ぶっきら棒なものの言い方だが、アイーシャは気にしない。バルト王国の馬場頭も、自分の馬への愛情と面倒を見る腕に自信があるから、父王にもずけずけ物を言っていたと懐かしく思い出した。

「わかったわ。なら、今日はウィニーに乗せてもらうわ」

　アイーシャは、可愛らしく微笑む。他の男に微笑むアイーシャを見てアンドリューは、何だか胸がもやもやする。

「ウィニーなら、私が乗せてあげるよ。夏休みに何回も乗ったから」

バースもノースフォーク騎士団で、アンドリューが何回もウィニーと飛行訓練をしたのを見てはいたが、その際は常にファビアンや他の年上の生徒が一緒だったので止める。

「それはフィンに聞いてみないと駄目だ」とバースが言った途端に、フィンが竜舎に顔を出した。

「あっ、グラウニーの初飛行に間に合ったね。何か問題が起こってもいいように、ウィニーと横を飛ぼうと思っていたんだ」

ファビアンは、何も問題など起こらないよと肩を竦める。

「それにしても遅かったじゃないか。グラウニーにはもう鞍を付けたよ」

フィンは、急いでウィニーに鞍を付ける。ラッセル達に竜の卵に魔力を注ぐ方法を教えて遅れたのだ。

「ねえ、フィン！　ウィニーに乗せてよ」

ぐいぐい自分の要求を伝えてくるアイーシャに、後でと言い聞かせる。

「まずは、グラウニーの初飛行訓練を無事に終わらせないと」

ビシッとした態度のフィンを見て、ファビアンはまた一歩、上級魔法使いの弟子らしくなったと微笑んだ。

『さぁ、グラウニー！　空へ飛び立とう！』

グラウニーは、やっとファビアンと一緒に空を飛べると喜んで、羽根を広げて舞い上がった。

『ウィニー、グラウニーの側を飛んで！』

大丈夫だとは思うが、もしもの時に備えてフィンはグラウニーの近くに寄った。そしてその安定した飛び方に無用の心配だったと笑う。

『ファビアンはウィニーと飛行訓練しているから、目を回したりしないもんなぁ』

フィンとウィニーは、初めての飛行訓練を思い出して吹き出した。

『そろそろ降りた方がいいよ』

気持ち良さそうな初飛行を邪魔したくないが、竜舎の横でバースが上着を振って叫んでいる。

『まだ飛べるよ』と、不満そうなグラウニーをファビアンは宥めて、地上に降り立った。

バースが羽根や筋肉などを調べ、マッサージしているのを、ファビアンも熱心に眺めていたが、どうやら問題は無さそうだ。

「これから、少しずつ距離を延ばしていけば良いでしょう」

ファビアンなら、グラウニーに無理をさせたりはしないだろうと、バースも安心した。

無事にグラウニーの初飛行が終わったので、フィンは待たせていたアイーシャとアンドリューをウィニーに乗せてあげる。

「本当は、ウィニーに自分で乗りたいんだ」

サリヴァンの郊外を一回りして降りたアンドリューは、ウィニーにお礼を言いながらも、少し未練がましく呟いた。それを聞いたフィンは、ウィニーがファビアンや他の人とでも飛行できるという利点を活用できないかと思いついた。

『フィン？　何を考えているの？』

『ウィニー、俺が学校で勉強している間、他の人を乗せて飛ぶのは嫌かな？』

ウィニーは、本当はいつもフィンと一緒にいたいのだが、勉強や魔法の修業などで、一日のうち数時間しか過ごせない。

グラウニーが大きくなり、竜舎に移ってきてからは、前よりは気晴らしができていたが、それでも暇を持て余していた。

『どうかなぁ？　他の人を乗せて飛ぶのも嫌ではないけど……本当はフィンと飛びたいから……』

飛ぶのは嫌ではないが、それを受け入れたらフィンとの時間が余計に少なくなるのではと、ウィニーは戸惑う。

『ウィニー！　俺だって、もっとウィニーと一緒にいたいよ』

フィンは、人間の勝手な都合をウィニーに押しつけようとしたのを反省した。とは言うものの、今度カリン村に行く時には、まだ飛行に慣れていないグラウニーに自分が乗るつもりなので、やはり他の人との飛行訓練はして欲しい。

『ええっと、ラッセルやラルフやパックと飛行訓練するのは良いかな？　彼らの卵が孵った時に役に立つから』

ウィニーは、雛竜の時から世話をしてもらい、遊んでくれた三人なら良いと頷く。

『三頭も竜が増えるのは楽しみだね！』

グラウニーは、ファビアンが卒業したらノースフォーク騎士団に一緒に付いて行くので、ここにはウィニーだけになるところだったが、その頃には大きくなった三頭の子竜達が竜舎で暮らすのだ。

『本当だね！　早く見たいな！』

フィンは、これから起こる騒動を知らず、楽しそうに笑った。

五十　どうやってカリン村へ行く？

グラウニーの初飛行訓練が無事に終わったので、ラッセル達も飛行訓練に参加し始めた。

「グラウニーはまだ人を乗せるのに慣れてないから、ウィニーで練習しよう。ラッセルは夏休みに何回か乗ったことがあるから、ラルフやパックから訓練してもらおう」

ラルフやパックも子竜の時からよく遊んでいたので、ウィニーとの意思疎通はバッチリだ。

『ウィニー、サリヴァンの街の上をぐるりと飛んで帰ってくるんだよ』

フィンは、友達二人だけで大丈夫かな？　と心配そうに見送った。春めいた空に、ウィニーが飛ぶ姿を見上げながら、ラッセルとカリン村に行く相談をする。

「もう気づいている人もいるかもしれないけど、できるだけ内緒にしたいんだ。俺は農繁休暇を取ろうかなぁと思っている」

「農繁休暇？」

サリヴァン育ちの貴族には耳慣れない言葉だ。ラッセルは、何だろうと首を傾げる。

「ああ、サリヴァンみたいな都会では農繁休暇はないんだよね。俺が通っていた学校では、春の種まきや秋の刈り取りの時期は休みになるんだよ。師匠に農繁休暇をお願いしてみたら、好きにしたら良いと許可が出たんだ」

中等科になってから、ルーベンスも魔法の技を教え出したが、上級魔法は体力を消耗する。

やっと魔法の技が習えると、張り切って修業しているフィンが少し疲れているのを心配したルーベンスは、農作業でもしてリラックスした方が良いと許可したのだ。

「じゃあ、フィンは先にカリン村に行くんだね」

桜がいつ満開になるのかわからないので、四月になったらカリン村に行く予定だと笑う。

「久しぶりに農作業するのが楽しみなんだ。俺はやっぱり農民なんだよなぁ。耕した土の香りを胸いっぱいに吸い込みたいよ」

上級魔法使いになっても、サリヴァンの一等地に小さな土地を手に入れて土を耕しているフィンの姿が目に浮かび、ラッセルはプッと噴き出した。そして、鋤を置かせて、王宮へと引っ張っていく自分の姿も目に浮かび、苦労しそうだと目を細めた。

四月になり、サリヴァンの桜は満開になった。

北部のカリン村の桜はまだ咲いていないだろうが、農繁休暇を取ったフィンは、浮き浮きとウィニーに鞍を付けた。

「じゃあ、桜の花が咲いたら、手紙を部屋に送るからね！」

長距離の移動魔法を使うと簡単そうに言って、ウィニーと飛び立ったフィンに、ファビアンやラッセル達は呆れる。

「カリン村って、確か国境近くの村なんだよねぇ……やっぱり、フィンはルーベンス様の弟子なんだよなぁ」

寮に帰っても、まだぶつぶつ言っているパックに、ラッセルとラルフは当たり前だと笑う。

「結局、ファビアンがグラウニーに乗るんだね」

ウィニーにはラッセルとパック、グラウニーにはラルフとファビアンが乗って、カリン村へ向かうことに決まっていた。

パックは、自治会長のファビアンが少し苦手だ。整った顔が冷たく感じるのだ。できたら、自分達だけでカリン村に行きたかったと愚痴る。

「グラウニーはまだファビアンとフィンの言うことしか聞かないから仕方ないよ。それに、フィンの家に三人もお邪魔できないから、レオナール家に泊まらせてもらうんだろ」

宿屋に泊まりたいところだが、竜で乗り付けたらパニックになってしまうのでそうもいかない。

パックは水色のチュニックから竜の卵を取り出して、早く孵らないかなぁと撫でる。他の二人もそれぞれの卵を取り出し、愛おしそうに掌(てのひら)で温めた。

「サリヴァンではもう桜が散っちゃったよ」

葉桜(はざくら)になった木を見上げて、パックは溜め息をつく。フィンがカリン村に行ってから二週間も経(た)っていた。

「今年の冬の北部は寒かったと聞いているから、きっと開花も遅いんだよ。それにしても、こんなに休んだらまた宿題が溜まるんじゃないかな？」

ラルフが心配するが、ラッセルは大丈夫だと笑う。

「フィンの机の上に宿題と本を置いておくと、いつの間にか無くなっていて、しばらくすると書き上げたレポートとかが置いてあるんだよ。まぁ、それでも少しは遅れ気味だけどね。向こうで雨の日とかに勉強しているみたいだな」

ラルフやパックは、フィンもあれこれ工夫しているんだと笑った。いつも、長期休暇にルーベンスと旅に出て宿題を溜めてはうんうん唸っていたのが思い出された。


「なぁ、お前はこんなに学校を休んでいいのか？」

フィンの家の畑では小麦が芽を出し、じゃがいもやトウモロコシも植え付けられた。フィンが手伝ってくれたおかげではかどったと、ハンスは感謝したが、魔法学校の方は大丈夫なのかと心配になる。

「大丈夫だよ！　師匠も、冬の間少し根を詰め過ぎたから身体を休めて来い、と言っていたもの。ああ、いい香りだなぁ」

フィンが深呼吸して、耕した土の香りを楽しんでいるのを見て、ハンスはこれが休みになるなんて理解できないと笑った。

「でも、この週末には桜が満開になりそうだね。手紙で知らせなきゃ」

遠く離れた首都サリヴァンにすぐ手紙を出せるなんて、やはり弟は魔法使いなのだ。しかし、麦わら帽子を被って長靴を履いたフィンは、カリン村のどこにでもいる農家の少年にしか見えなかった。

「ハンス兄ちゃん、俺……早く卒業した方がいいかなぁ。この冬にかなり頑張ったから、中級魔法使いの免許ぐらいはもらえるんだ。後は、勉強面だけだけど……」

家に帰って、兄のマイクやジョンがそろそろ結婚を考えていることや、妹のローラを師範学校に通わせたいとか色んな事情を知って、フィンなりにあれこれ考えたのだ。ハンスは逞しい手で、フィンの肩をがっしりと掴んで言い聞かせる。

「フィン、お前はそんなことを心配しなくてもいいんだ。毎月の仕送りと、免税だけでも助かっている。マイクは、もう少し修業してから独立するし、ジョンはまだ空いた農地が見つかってないから、結婚は先の話だ。それに、ローラを師範学校に行かせるぐらいは、どうにかなるさ。お前は、自分のするべきことをしなさい」

ハンス兄ちゃんに頼りっぱなしだと、フィンは俯くが、だったら自分はシラス王国の守護魔法使いの弟子の務めを果たそうと決め、顔を上げた。師匠からまだまだ学ばなくてはいけないことがあるのは、自分でも承知している。

「ごめん！　俺はやっぱりこうした暮らしが好きなんだなぁと思ったんだ。でも、魔法学校に行く道を選んだのは俺なんだから、しっかり修業するよ。それに、農家ではウィニーを養えないもんね」

「ウィニーかぁ！」

確かに、竜を養うには大規模な農家か、領主でなくては無理だろうとハンスは笑った。

その夜、フィンは「桜が咲いたよ」と手紙を書いて、ラッセル、ラルフ、パック、そしてファビアンに届けた。

五十一　そろそろ農繁休暇も終わりだ

農作業を終えたフィンとハンスは、馬車でのんびり家へ向かっていた。

「そろそろ、魔法学校に行くのか？」

ハンスには、農繁休暇だけでなく、桜が咲くから帰って来たと言うフィンが理解できない。

フィンは、もう少しだけいるよ、と首を横に振る。

「手紙を書いたから、今日か、明日には友達が来るはずなんだ。なるべく目立たないように、週末を予定していたんだけど……もう夕方だよね。明日来るのかな？」

変だなぁ？　と、フィンが首を傾げていると、『フィン～！』と、空からウィニーが飛んで来た。

「おい、馬が暴れてしまうぞ！」

ハンスは農耕馬が怪我をしたら大変だと、慌てて馬車から降りて手綱を取ろうとしたが、フィンは大丈夫だと笑う。

「馬は暴れたりしないよ」

フィンが魔法を掛けたので、ウィニーがすぐ側に着地しても馬は素知らぬ顔をしている。

『ウィニー！　よく来たね』

『フィン！　寂しかったよ』

竜に駆け寄り、愛おしそうに頬ずりしている弟が、ぼんやりと立っている馬に何か魔法を掛けたのだと、ハンスは察した。

「おいおい、私達は後回しかい？」

ウィニーに乗ってきたラッセルとパック、そして少し離れた場所に着地したグラウニーから降りたファビアンとラルフが現れ、挨拶もしないでウィニーとラブラブしているフィンに呆れる。

「ああ、皆、よく来たね！　カリン村にようこそ」

落ち着きのない茶色のくるくるした髪は、汗で濡れているし、土に汚れた服を着たフィンは、本当に農家の少年にしか見えない。そんなフィンの格好に、ラッセル達は一瞬驚いたが、農繁休暇なのだから当たり前だと思い直す。

「ハンス兄ちゃん、皆、俺の友達なんだ。ラッセルとラルフとパックだよ」

ハンスは、きっと魔法学校に通う貴族の子息なのだろうと思い、手をズボンで擦ると、紹介された三人と握手する。すでに面識のあるファビアンとは会釈だけで済ませた。

「お茶でも飲んで行ってください」とハンスは言ったが、グラウニーを早く休ませたいファビアンは躊躇う。

『グラウニーは疲れているんだ。こんなに長距離の飛行は初めてだから』

ウィニーが代わりにフィンに伝えてくれたので、ファビアンはホッとする。折角の誘いを断るのは無礼に思えたからだ。

「ハンス兄ちゃん、グラウニーを屋敷で休ませなきゃいけないんだ。俺も心配だから、レオナール卿のお屋敷に付いて行くよ」

ハンスは、ここからなら三人乗りでも大丈夫だと、ウィニーに乗り込もうとするフィンを慌てて止める。

「お前、その格好はまずいだろう。せめて着替えてからにしたらどうだ?」

フィンは、確かに泥だらけだと、自分の服を見下ろして笑う。

『ウィニー、先にグラウニーと屋敷に行っといて！　俺は服を着替えてから行くよ』

フィンと離れたくないウィニーだったが、グラウニーを早く休ませてやりたいので、渋々従う。

『すぐに来てよ！』と言うと、二頭の竜は飛び立った。

「さぁ、家に帰ろう！　もしかしたら、今夜は屋敷に泊まることになるかもね。管理人さんは、どうも竜が怖いみたいだから」

お母さんに夕食は要らないと言っておこうと馬車に乗り込むフィンに、ハンスは首を捻る。

「でも、ファビアン様は竜に乗って来たんだろ？　なら、フィンまでいなくてもいいんじゃないか？」

フィンよりずっと大人のファビアンがいるのにどうして子どものフィンを頼りにするのか、ハンスには理解できなかった。

しかし、案の定レオナール家の管理人が、屋敷に泊まって竜の世話をしてくれと、フィンに泣きついてきた。

「もちろん、ファビアン様を信じていない訳ではございません。しかし、ウィニーはフィン君の竜ですから、やはりねぇ……万が一ということがあってはいけませんし。ここは、フィン君にも泊まってもらった方が、皆も安心します」

ファビアンは、相変わらず竜を怖がる管理人に辟易したが、フィンが泊まるのには賛成だと頷く。ラッセル達のもてなし役をフィンに任せた方が楽だと考えていたのだ。

「俺はどちらでもいいよ。それより、グラウニーの様子はどう？」

ファビアンは、フィンを屋敷の竜舎に案内する。馬屋から離れた場所に竜舎を建てさせたのだ。

『フィン！』と喜ぶウィニーをヨシヨシと撫でて、眠っているグラウニーの様子を調べる。

「疲れているみたいだけど、どこも異常は無さそうだよ」

ファビアンもそう感じていたが、フィンも同じ意見なのでホッとした。ここまでに、何回か休憩させながら飛行したのだ。


その夜は、竜の卵がいよいよ孵るのだと期待と不安で落ち着かない三人と、ファビアンとフィンとで、翌日の段取りを話し合った。

「空からも桜が見えたよ」と、パックはもう明日のことで頭が一杯だ。ルーベンスが作曲した『ウィニー』にあった、桜の大木の下で卵が孵ったという詞を思い出したのだ。

「まぁね、兎に角、落ち着いて卵が孵るのを見守らなきゃね。雛はお腹を空かせているから、餌を与えなきゃいけないよ。後はウンチの世話もしなきゃね」

何度か教えていた世話の仕方を、フィンはもう一度繰り返す。三人は竜の卵を撫でながら、真剣な顔をして聞いている。

ファビアンがフィンに帰りの予定を聞いた。

「本当はグラウニーで俺が皆と一緒に帰る予定だったけど、ファビアンが一緒の方が良いみたいだね。次の日、ウィニーに迎えに来てもらうよ」

もう少しグラウニーが飛行に慣れていれば、フィンが先に皆と帰れたのにと、ファビアンは申し訳なく感じる。

「フィンが一緒に帰った方が、雛竜の世話とかのフォローもできるのになぁ。グラウニーがウィニーより飛ぶのに慣れるのが遅いのは、土の魔法体系だからかな？」

ファビアンは、去年のウィニーとついつい比べてしまう。

「走るのはウィニーよりグラウニーが速いじゃないか。それに、去年の春はまだ俺だけしかウィニーに乗れなかった。夏休みにファビアンと飛行訓練をしてから、他の人とも飛べるようになったんだよ。グラウニーは、今でも十分上手く風に乗っているよ」

上級魔法使いの弟子であるフィンにそう言われると、ファビアンは自分の育て方が悪くて飛ぶのが下手なのではという不安が消えていく。

「それに、ファビアンは自治会長なんだから、あまり留守にしない方がいいよ。きっと、竜フィーバーが再発するからさぁ。しっかり対策を取ってもらわないとね！」

竜フィーバーを想像すると気が重くなる。途端に、呑気そうに竜の卵に話しかけている三人が恨めしくなったが、自分がグラウニーを得た時の幸福感を思い出して、仕方ないなぁと肩を竦める。

「さぁ、明日はサリヴァンへ帰るのだから、早く寝なさい！」

ファビアンの自治会長らしい指示に従って、素直に三人はベッドに入ったものの、なかなか寝つけなかった。一方のファビアンも、明日のことをあれこれ考えて、寝つきが悪かった。

そんなフィン達をよそに、管理人夫婦や使用人達は、ビクビクして過ごしていた。

「まぁ、国一番の魔法使いの弟子のフィン君がいるんだから、大丈夫だろう……いや、別にファビアン様を信じてない訳では無いが……騎士になる方と、守護魔法使いになるフィン君とでは安心感が違う」

「そうですよねぇ。きっと、寝ないで竜の番をしてくれていますわ」

管理人夫妻に信頼されているフィンだが、農作業で疲れていたので、ふかふかのベッドで爆睡（ばくすい）していた。

この夜のレオナール家の屋敷では、フィンと竜二頭だけが充分な睡眠（すいみん）を取ったのだった。

五十二　三頭の雛竜（ひなりゅう）

「おはよう！」と、元気に食卓についたフィンが、熟睡（じゅくすい）から生じた健全な食欲を満たしているのを、ファビアン達は恨めしげに眺める。

「パック？　しっかり食べておかないと、雛竜を育てるのは大変だよ」

いよいよ竜の卵が孵るという期待と興奮で、朝食どころではない三人だったが、フィンの勧めで無理に口に入れようとする。

「そんなに無理して食べなくてもいいぞ。サリヴァンまで何回も休憩しながら行くから、途中で食べたらいい」

飛行中に気分が悪くなられては困ると、ファビアンは必死に食べている三人を止めた。自分も一年前に同じ経験をしたのだ。

「へぇ、確かに何回も休憩するなら、その時に食べたらいいね。じゃあ、そろそろ行こう！」

フィンは気楽に席を立ったが、三人は緊張してきて、ぎこちなく後ろを付いて行く。

「やはり、フィンが一緒に魔法学校に帰った方が良さそうに思うけどなぁ」

自分があの青ざめた顔をした三人と三頭の雛竜の世話をするのかと思って、少し不安になったファビアンは、グラウニーにもう一度頼んでみる。

『フィンと飛行してもいいけど……ファビアンと離れたくないなぁ』

愚図るグラウニーを見かねたウィニーが横から提案する。

『行きと同じように、ちょくちょく休憩するなら、三人乗せても大丈夫だよ。それなら、雛竜達の世話をフィンも助けられるし』
雛竜の餌やりもしなくてはいけないので、行きよりも多く休憩しなくてはいけないのは確かだ。

『ウィニーが大丈夫ならそうしようか。でも、無理だったら、途中で置いといてもらうよ。宿屋にでも泊まるから、絶対に無理をしないでね！』

フィンは全員で一緒にサリヴァンへ帰ることに予定を変更したが、ウィニーに三人乗っての長距離飛行は不安だった。対してウィニーは自信のある顔をしていた。

ラッセル達もフィンが一緒の方が安心だと頷く。

話が纏まったので、フィンが改めて出発の音頭をとる。

『さぁ、森の近くまで行こう！　そこからは、歩いて行くんだよ』

ウィニーとグラウニーで、森の近くに舞い降りた。近くの畑は耕してあり、トウモロコシの芽が出ている。

『ここで待っていてね』

ウィニーとグラウニーは、自分達の仲間が増えるのを期待して頷く。

ファビアンは、雛竜を運ぶバスケット三個をそれぞれに渡し、自分は餌が入ったバスケットを持って、フィンの後ろに続く。

「木の根っこや草に足を引っかけないでね」と注意しているフィンが一番危なっかしい。

しかし、桜の大木が木々の合間から見え出すと、ラッセル達も日頃の冷静さを失って木の根っこに蹴躓く。パックは草に足を取られて、おっとっとと、前につんのめった。するとボヨヨ～ン！　とルーベンスが掛けた防衛魔法に押し返される。

「あれ？　何だろう？」

「あっ、皆、俺の後ろに付いてきて！」

言われた通り、フィンの後ろから桜の大木に近づく。今度ははね返されることなく防衛魔法を通り抜けられた。さっきのは何だったのだろう？　と考えていたラッセル達だが、視界に飛び込んできた桜の花の見事さに感嘆して、忘れてしまう。

フィンも桜の花から飛び出す光の乱舞に見とれるが、今回は三頭も雛竜を孵さないといけないのだ。孵化にとりかかるべく、早速三人に指示を出す。

「ええっと、精神を落ち着かせる呼吸をしてみて！　桜の花から光の玉が出ているのがわかるかい？　まぁ、見えなくても卵は孵るとは思うけど、折角なら見えた方がいいから」

ラッセル、ラルフ、パックは、魔法学で最初に習った呼吸方法を、今までやったことがないほど真剣に実行した。

「あっ！　凄いなぁ！　これがフィンが言っていた桜の妖精なんだね」

水の魔法体系のラルフは、土の魔法体系も使える。一番に桜の花から飛び出す光の玉が見えるようになった。

「じゃあ、ラルフ。竜の卵を捧げて……落ち着いて、ほら、金色に光ってきたよ。卵が揺れ出したら、敷物の上に置いてね」

ラッセルとパックは、ラルフが捧げた竜の卵に、光の玉がぶつかり、パッと金色に光るのを見つめていた。

「あっ！　揺れているよ！」

パックが叫んだ。

「ラルフ、もう下に置いてもいいと思うよ。ほら、卵の中から孵角で叩く音が聞こえる」

コツ、コツ、コツと響く音に、フィン達はドキドキしながら待つ。

赤みを帯びた灰色の卵が大きく揺れたと思うと、パカンと割れて、濡れた赤黒い雛竜がゴロリンと転がり出た。

「ほら、お腹が空いているから、肉をやってね！　ファビアン、後は任せておくよ」

ラルフは、夢中で雛竜に餌をやっているが、あと二頭孵さなくてはいけないのだ。ゆっくり見物している訳にはいかない。

「ラッセル、竜の卵を捧げて！」

パックはまだぼんやりとしか光の玉が見えていなかった。もっと集中して呼吸をして！とフィンに言われるが、孵ったばかりの雛竜や、ラッセルの卵が金色に光っていくのに気を取られて、なかなか上手くいかない。

先にラッセルの水色の卵が揺れ始めた。殻を叩く音が、ラルフの時より小さいように聞こえ、ラッセルは不安に駆られる。

「頑張れ！　もっと強く叩くんだよ！」

日頃は冷静な優等生のラッセルが、地面に顔をつけて竜の卵に声を掛けている。その叱咤激励が卵の中にまで聞こえたのか、コツ、コツと力強い音が響いた途端、ビビビッと細いヒビが縦に走った。

「もう少しだよ！　ほら、頑張れ！」

ラルフも餌をやりながら、隣の雛が孵るのを応援する。しかし、何百年も卵の中にいた雛に指を啄まれて、よそ見をするのをやめた。

「ラッセル、卵を軽く叩いてみて！　ウィニーも卵の殻が固過ぎてなかなか孵らなかったから、俺が指の関節で叩いたんだよ」

叩いたら中の雛竜を傷つけないか？　と、ラッセルは一瞬躊躇したが、卵の揺れが小さくなってきたので、指の関節で何度も軽く叩いてみる。

「一緒に空を飛ぼうよ！　孵らないと、美味しい肉も食べられないよ」

まさか、中の雛竜が肉につられた訳でもないだろうが、細いヒビが下まで伸び、パカンと割れた。転がり出た雛竜は水色だ。

「さぁ、パック！　もう見えるようになった？」

最後はパックの卵だ。

「うっすらとしか見えないけど、大丈夫かな？」

「別に光が見えなくても支障はないと思うよ。ただ、滅多に見られない物だから、見た方がいいと思っただけだよ」

不安そうなパックの肩を軽く叩いて、安心させる。

そう言われたら、逆にしっかりと見たくなる。パックは、これまで以上に真剣に、呼吸で精神を集中させた。すると、視界いっぱいに光の玉が広がった。

「わぁ！　皆にはこんな風に見えていたんだね」

フィンは、竜の卵を捧げさせる。ウィニーと同じ青灰色の卵を見ると、二年前を思い出す。金の光が卵にぶつかっては、消えていく様子を、パックとフィンはうっとりして見つめていた。

「フィン？　何だか揺れているみたいだよ」

ラッセルの卵がなかなか孵らなかったのを見ていたので、パックは不安そうに卵を敷物の上に置いた。コツ、コツ、という音も小さい気がする。

「私も叩いた方がいいかな？」

青ざめた顔のパックが振り上げた手を握って、フィンは少し待つようにと止める。

「音は小さいけど、ずっと続いているよ。あっ、段々と大きくなってきた！」

音が大きくなるにつれて揺れも大きくなり、フィンとパックは息をするのも忘れて竜の卵を見つめる。

「あっ！　孵る！」

竜の卵が縦に割れると、黒っぽい雛竜がパックの前に転がり出た。

「わぁ！　本当に竜なんだねぇ！　お腹が空いているのかい？　餌をあげるからね」

フィンとファビアンは、無事に三頭の雛竜が産まれたのでホッとして、顔を見合わせた。

夢中で餌をやっている三人の幸せそうな顔を見ながら、これから巻き起こる竜フィーバーをどう沈静化させるか悩んでいるファビアンは、皮肉を一言呟いた。

「これから、地獄の二週間が待っているのを知らないいな」

そんなことを言った途端、ラルフが腹が痛いと言い出して、竜のうんちタイムに突入した。

三頭同時のうんちタイムのあまりの忙しさに、フィンは一瞬、三頭を一度に孵したのを後悔しかけた。しかし世話が一段落し、各々の雛竜の名前を聞いたりしているうちに、やはりこれで良かったのだと満足する。

「ラルフのがフレアー、ラッセルのがアクアー、パックのがゼファーかぁ。相変わらず、単純な名前だよねえ。親竜はリュリューって優雅な名前なのにね」

それ以上は口に出さなかったが、アシュレイが名付けたのではないかと考えていた。

フィンは、ネーミングセンスがないなぁと、桜の大木を見上げて首を横に振った。

五十三　大きな波

カリン村の桜が満開になり、三頭の雛竜が無事に孵った頃、カザフ王国の王都ロイマールでは、名残の桜が嵐の前触れの風で無残に散った。

フレデリック王は執務室で、支配下の各国に派遣している大使や王子達からの定期報告に目を通していた。

「秋にチャールズとミランダの結婚式が終わったら、春を待ってバルト王国に宣戦布告だ」

サリン王国にミランダ王女を嫁がせ同盟を強化して、騎馬民族のバルト王国を挟み撃ちし、国土を分割する計画は順調に進行中だ。もちろん、ミランダ王女がチャールズ王子の子どもを生めば、ジェームズ王とチャールズ王子は始末する予定だ。

「これでバルト王国、サリン王国も我が傘下に入る。残るはシラス王国のみになるが……年老いた上級魔法使いが弟子を取ったのは厄介である」

シラス王国との国境に張り巡らされたアシュレイの防衛魔法を解除できる方法を、魔法使いのゲーリックが探し当てたのだが、それに必要な亡骸は奪回されてしまった。

「まぁ、海から攻めれば良いだけだ。防衛魔法も海岸線には掛けていないから、無防備だしな。それに、我が国に協力する私掠船も増えてきている」

南の島に蔓延る海賊達に、カザフ王国はシラス王国の商船を襲う許可を与えた。その海賊達をシラス王国の軍艦から守り、カザフ王国の港での補給を認める代わりに、上納金を納めさせるのだ。

その上納金と支配下に置いている各国からの貢ぎ物とで、フレデリック王はシラス王国を海から攻めるための軍艦を製造させていた。

「シラス王国のサザンイーストン騎士団の、数倍の軍艦を建造させなければならぬ。奴らは帆船を操る魔力を持っているから、海戦ではこちらが不利になる。ゲーリックだけでなく、もっと魔法使いを採用する必要があるな」

カザフ王国では魔法使いは貴族達の汚れ仕事を引き受ける影の存在として生きている。フレデリック王はその慣習を破り、宿敵であるシラス王国を研究し、ゲーリックを試しに登用したのだ。

「魔法使いのあやつも万能ではない。しかし、役に立つのは確かだ」

サリン王国の大使から送られてきた、ジェームズ王が麻薬入りの煙草で中毒症状が顕著になったとの報告を読み、満足そうに嘲笑う。ミランダ王女との結婚を予定通り執り行えと指示書を書いて、処理済みの箱に入れた。

続いて王子達からの報告書を手に取ったフレデリック王は、どれもこれも自分の手柄を大袈裟に書き連ねただけだと、パラパラと読み捨てにする。

「どの王子を後継者に指名したら良いものか」

絶対的な権力を握っているフレデリック王は、猜疑心も強く、まだ後継者を決めていなかった。第一王子のルードでさえ北のモンテス王国へ追いやった。ルードが側室の子であり、王妃一族の強い要求に応えたのも理由の一つだが、彼の野心の強さを警戒していた。

「身分の低い側室が生んだルードでは、他の王子が納得しないだろう」

第四王子ではあるが、王妃の生んだオットーを後継者に指名した方が、カザフ王国としては波風が立たないのはわかっている。

「しかし、オットーは……」

ルードや他の王子達の野心を少しは分けてやって欲しいと歯噛みするほど、第四王子のオットーには覇気がなかった。王妃一族や取り巻きの貴族達が、オットー王子が後継者になった方がやりやすいと思って推しているのは明白だ。

苛立ちのあまり、フレデリック王は、拳で机を強く叩いた。

「あやつでは旧帝国を復興しても、すぐに分裂させかねぬ！」

フレデリック王は、自分に魔法使いほどの寿命がないことを残念に思った。

「無能なマキシム王は、我より年上のくせに……うっ……」

近頃、時折起こる激しい頭痛に襲われて、フレデリック王は机の上の呼び鈴を鳴らした。

執務室の外で待機していた侍従が中に入った時、フレデリック王は巨大な執務机に肘をつき頭を抱え込んでいた。

「フレデリック王！」

「うるさい！　余計に頭痛がする。侍医を呼べ」

呼び鈴を投げ付けられた侍従は、慌てて侍医を呼びに走る。

「国王陛下はまた偏頭痛ですか？」

執務室の外で謁見を待っていた貴族達は、侍従が走り去る様を見て、今日はご機嫌が悪そうだと首を竦めた。

しかしその中の何人かは、偉大なフレデリック王の健康状態が悪化しているのに勘づき、自分が優位に立つためには誰を後継者に推すべきなのかを、真剣に考え始めていた。

フレデリック王が侍医から苦い薬を与えられていた頃、ルーベンスの塔でも頭痛に悩む男がいた。塔の主、ルーベンスその人である。

宵っ張りで朝寝坊のルーベンスは、昼過ぎに酷い二日酔いで目を覚ました。

「もう、雛竜は孵った頃じゃのう。フィンが帰って来たら、二日酔いの治療をしてもらおう」

自分で二日酔いの治療魔法を掛けたものの、どうも効きが良くないとルーベンスはソファーに横になる。

「そうだ、こんな時は迎え酒が良いだろう」

口煩い弟子のフィンは農繁休暇でいない。

調子に乗ってワインを飲み過ぎて二日酔いになったというのに、懲りないルーベンスはワインの入ったグラスを移動魔法で手元に喚び寄せて一気に飲み干した。

「やはり、二日酔いには迎え酒じゃ！　おお、今度の三頭の竜の名前は何だろうなぁ。早く会いたいものだ」

百歳を数十年超えたルーベンスは関節炎や気管支炎など、持病を抱えていた。その上に防衛魔法を一人で維持している負担も大きくのしかかっている。

そんなルーベンスの楽しみは、吟遊詩人として市井の人々と交わることと、卵から孵った魔竜達を甘やかすことだ。

「風の魔竜はウィニーに似ているだろうな。火の魔竜、水の魔竜はどのような姿をしているのだろう？」

カリン村からウィニーとグラウニーに乗ってサリヴァンまで帰還するなら、着くのは夕方になるだろう。そう考えたルーベンスは、竪琴を爪弾きながら「まだ時間がある」と、さらに何杯かの迎え酒を飲んだ。

シラス王国に新たに三頭の雛竜が孵った春、敵国のカザフ王国のフレデリック王は病に侵されていた。そして、長齢を誇るルーベンスも身体の衰えが顕著になっていく。

酷い偏頭痛だと診断されたフレデリック王の病は、この大陸を揺るがす大波になる。

その大波に呑まれる運命のフィンは、アクアー、フレアー、ゼファーを恐る恐る抱っこしている親友達の姿を見て、無邪気に笑っていた。

あとがき

この度は、文庫版『魔法学校の落ちこぼれ４』をお手にとってくださり、ありがとうございます。著者の梨香です。四巻は、魔法学校の長い夏休みが明けて、新たに三匹の子竜が孵り、主人公フィンが中等科になるまでのお話です。三巻では、師匠のルーベンスと一緒に北のサリン王国を潜入調査したフィンは今回、北西のバルト王国へ向かいます。

私は常々、「そろそろフィンにヒロインを！」と思いつつ物語を書いているのですが、三巻で登場したミランダ姫は、いつの間にか本来の婚約者と仲良くなってしまいました。

まぁ、ミランダ姫のような自由奔放な性格の相手と駆け落ちなんかしたら、派手に振り回されてフィンが酷い目に遭うのは目に見えているので、元さやでよかったのでしょう。

そういうわけで、この四巻にも彼のヒロイン候補となる新キャラのアイーシャ姫が出てきます。ところが、どうもフィンはロマンスに縁がないようです。というより、何故か我儘姫にばかり縁があるらしく……（苦笑）。師匠も弟子の女難体質には呆れています。

そこで、このままではフィンが気の毒すぎると思い、もうちょっと彼にも良いお相手はいないものかと考えた結果、遊牧民のユンナというキャラの登場に至ったわけです。

彼女はフィンにとって、かなり長い期間、折に触れては思い出す淡い初恋の女性となります。しかし、貧しい農民のフィンのままならまだしも、上級魔法使いの弟子である彼がユンナのような純朴な少女と恋を実らせることは、やはり難しいでしょう。

その後、フィンは甘酸っぱい失恋の思い出が消える間もなく、シラス王国へと帰還します。ところが、ここでもまた一波乱の兆しが。というのも、新学期には魔法学校に帰って来る予定だったルーベンスの姿が、どこにも見当たらないのです。

これは何やら厄介な事態になったということで、フィンは一路、魔法学校の友人達と共に世話の焼ける師匠の行方を探して、南の島へ向かう羽目に――。

ここでも、フィンは再び宿敵の影に遭遇し、彼の心に少なからぬ動揺が走ります。この出来事をきっかけに、フィンは友人達に自分がアシュレイの子孫である事実や竜の卵の件を打ち明けることを決意。これで友人達に彼の秘密は無くなるわけです。

そんなこんなで、物語は西の大国・カザフ王国との戦いの予兆へと至り、彼らは新たな事件の渦中へと巻き込まれていきます。五巻では、いよいよカザフ王国に潜入します。

さて、シラス王国は戦争を回避できるのでしょうか?

それではまた、読者の皆様と次巻でもお目にかかれたら嬉しいです。

二〇二〇年四月　梨香

アルファライト文庫

この作品に対する皆様のご意見・ご感想をお待ちしております。

おハガキ・お手紙は以下の宛先にお送りください。

【宛先】

〒150-6008 東京都渋谷区恵比寿 4-20-3 恵比寿ガーデンプレイスタワー 8F
（株）アルファポリス　書籍感想係

メールフォームでのご意見・ご感想は右のＱＲコードから、
あるいは以下のワードで検索をかけてください。

ご感想はこちらから

本書は、2017年12月当社より単行本として
刊行されたものを文庫化したものです。

魔法学校の落ちこぼれ 4

梨香（りか）

2020年 7月 31日初版発行

文庫編集－中野大樹／篠木歩
編集長－太田鉄平
発行者－梶本雄介
発行所－株式会社アルファポリス
〒150-6008東京都渋谷区恵比寿4-20-3恵比寿ガーデンプレイスタワー8F
TEL 03-6277-1601（営業） 03-6277-1602（編集）
URL https://www.alphapolis.co.jp/
発売元－株式会社星雲社（共同出版社・流通責任出版社）
〒112-0005東京都文京区水道1-3-30
TEL 03-3868-3275
装丁・本文イラスト－たく
文庫デザイン―AFTERGLOW
（レーベルフォーマットデザイン－ansyyqdesign）
印刷－中央精版印刷株式会社

価格はカバーに表示されてあります。

落丁乱丁の場合はアルファポリスまでご連絡ください。

送料は小社負担でお取り替えします。


ISBN978-4-434-27506-7 C0193